耀

Kagayaku

自分を信じて

青山可奈

文芸社

目次

耀

——自分を信じて——

プロローグ

淳一の足音が静寂のなかに消えて、どれくらい経ったろうか。

「コースに出る前に十分ほど練習してくる」

そう言って、夫はゴルフバックを肩に担ぐと、さやかを一人車に残して行ってしまったのだ。

「そのあとで、ちゃんと温泉に送っていくから」と言い残し、どの位たっているのだろうか？　約束してくれたじゃない!!　ア〜ア〜、近くの温泉、鐘山苑行きも泡と消えるかも……だから家で待っていると言ったのに——。駐車場に停めた車の運転席に座り、さやかは独り言のように、胸のなかで呟いた。

車のフロントガラスからは、九月の、曇りがちの空が見える。幾重にも重なる雲のすき間から、太陽の光が漏れていた。雲の多いせいもあり、光の筋が一本一本、数えられるほどにはっきりと見えた。

なんて、神々しい眺めなんだろう！

さっきまでのことはすっかり忘れて、さやかは思わず息をのんだ。光の筋を下から上へとたどっていけば、それはまるで天上へとつづく階段のよう。自然がつくり出す奇妙な光景に、さやかは身じろぎもせずにしばらく見惚れた。

あの光の階段の、その上は——。そこは、亡き母のいる天国だろうか。さやかの脳裏に、母の姿が鮮やかによみがえった。見えない手が上から下へと何度も行き交い、髪をなでつけ、か細いが、凛とした母の声がする。

『さやかちゃん、ありがとう。まだ、あなたは若いのよ。楽しんで、あとからゆっくりおいでね。天国で待っているから……かならず、空から見ているからネ』

最期にかけられた母の言葉。いま、その懐かしい母の声を風が運んでくれたような気がして、さやかはあたりをキョロキョロと見回した。しかし、ガランとした駐車場には人影もなく、吹き過ぎていった風の気配も感じられない。さやかはすぐに、もう一度、空を見上げた。まばたきをすれば、時折顔をのぞかせる陽の光が眩しくて、その温もりがガラス越しにさやかの胸を温めている。

二十五年前、母は五十四歳で亡くなった。いま、さやかは、自分がその母の年齢を越えてなお、こうして生きていると思うとき、その来し方に思いを馳せ、熱いものがこみ上げてくるのを抑えきれない。

結婚、そして離婚。悩み、迷い、失敗を重ね、一度などは頭をまるめて、尼になったことさえあった。そして、淳一との二度目の結婚、それとともにはじまった会社経営——。

それは、時あたかもバブル期を目前にひかえた時代だった。さやかと夫の経営する不動産会社も波に乗り、最初のうちは、とんとん拍子にうまくいった。

しかし、やがて、バブルの崩壊。それにともなう地価の暴落で、御多分に洩れず、さやか夫婦の会社も多大な打撃を受けた。それをなんとか乗り切ろうと悪戦苦闘していたところへ、今度は銀行の貸し渋りがやって来た。こらえにこらえ、頑張りに頑張ってきた。が、ついに力尽き、平成十年二月、さやかたちは断腸の思いで会社の任意整理を決断せざるをえなかった。

債権者を回り、頭を下げ、土下座までした。それでも、なんとかして会社を立て直したい。その思いで、さやかは昼も夜もなく駆け回った。借金取りへの言い訳、資金繰り——身も心もガタガタになってしまったように感じる時もあったが、それでもなお頑張り続けるしかなかった。

そんなある日のこと、鼻のあたりがむずむずするので、鏡を見ると、鼻の頭に大きな赤い吹き出物ができていた。しばらく放っておいたが、それは日に日に、さやかには、まるで借金のように大きく膨らんでいくように思えた。おまけに、吹き出物の色は、〝赤字〟を連想させ、毎朝鏡を見るたびに集金への言い訳を考えては、ふっとため息がでる始末。

淳一は、さやかのことを、このごろめっきり老けたと言い、

「おまえも、あの、鈴木その子風の化粧でもしてみたら？」

と冗談とも本気ともつかないようなことを言った。

「いやよ。あんな能面みたいな真っ白いお化粧なんか！」

さやかは不機嫌に言い返したが、鼻の頭の吹き出物といい、淳一のもの言いといい、忙しさにまぎれてあまりかまわなくなっていた自身を省みて、なんとなく淳一の気持ちが分かるような気もした。

ちょうどそんなとき、さやかたちを励まそうと、長年の親友である大谷夫婦がゴルフを計画してくれたのだ。借金のある身で、遠出など贅沢なと、さやかは最初あまり気乗りがしなかったのだが、淳一とのそんな会話もあり、さやかは考えを変えた。そうだ、わたしはゴルフをやめて、近くの鐘山苑にでも行ってゆっくり骨休め、庭園や食事、気づかいもピカ一、身も心もリフレッシュ。肌だって、きっと若返るにちがいないわ。

というわけで、今朝は、ゴルフ好きの淳一に朝の五時に起こされた。友人夫婦とはそれぞれ目的地の河口湖で落ち合うことになっている。さやかの頭のなかには温泉のことだけが、夫の頭のなかにはゴルフのことだけがそれぞれあり、久しぶりの遠出に、二人の心は、借金のこと

もしばし忘れて、ぐるぐるとまわる風車のように軽快だった。早朝ウィークデーのせいか、道路もすいていて、八王子から河口湖まで快適なドライブで一時間。が、淳一は一人さやかを車に残したまま、

「十分練習したら、お前の大好きな鐘山苑に送って行くから」

と、練習場の方へさっさと行ってしまったのだ。


やがて、カチンカチンとスパイクの音が聞こえてきた。見ると、淳一が汗だくの顔を、手に持っている紙切れであおぎながらやって来る。さやかはウインドーを下ろした。

「いやあ、遅くなって、ごめん、ごめん。四十分も練習しちゃって、すぐスタートの時間だ」

淳一が手にしていたのは河口湖周辺の地図で、それをさやかの前に広げると、温泉に行くには、右に出て左に曲がって、右に行って、真っ直ぐ行き……などと指さしながら教えはじめた。

イライラが急につのったが、

「わかった、わかった。心配しなくても大丈夫」

と笑顔をつくった。

『言う時はいつでも言えるのだから、腹を立てるな』

母がよく言っていた、その言葉がいつも頭にあるからだ。

それにしても、最初に思っていたとおり、鐘山苑行きがだめになるというさやかの予感は見事に的中したことになる。そもそも、さやかの予感は昔からよく当たるのだ。「ね、わたしの言ったとおりでしょ」そう言っては、周囲の人から煙たがられたものだった。

そんな遠い昔のことを思い出し、ちょっと懐かしい気分に浸っていたが、しかし、突然、こんなふうに一人放り出されてみると、淳一たちのゴルフが終わるまでの六時間をどうやってつぶそうか、と途方に暮れた。そして、急に顔やからだがカアーッと熱くなり、最近悩まされつづけている更年期の汗が全身をおおい、不快感とともに日頃の疲労がどっと押し寄せてきた。

でも、まあ、いいわ！

嫌な気分を振り切るように、さやかは明るく自分に言い聞かせ、助手席に置いてある赤い大きなリボンのついたバックに手を伸ばすと、中から一冊のノートを取り出し、ペンを握った。

会社を任意整理してからというもの、悪い夢でも見ているのではないかと思えるような日々のなかで、さやかはふと立ち止まり、これまでの自分自身の人生について考えることが多くなった。なんとか会社を再建させよう——奮い立つ気持ちとともに、ここにたどり着くまでの道筋を思い返して、いまが人生のひとつのケジメの時ではないだろうか、これからの人生を生きていく、いまがその新たな出発点ではないだろうか、そんなふうに感じることがよくあったのだ。さやかは、忙しい毎日のなかで時間を見つけては、さまざまな時代の自分を思い出しながらノートに書きとめはじめた。それが、いまでは楽しみいや、ストレス発散になっている。

運転席のハンドルの上にノートを広げ、さやかはペンを走らせた。白いノートの表面には陽の光が眩しく反射し、動かすペンは影絵のように、黒くその上を躍り、飛び跳ねる。さやかは夢中になって書きつづけた。鼻先に、夏の終わりを告げるような涼しい風が音もなく行き交い、それはからだじゅうに吸い込まれて心地よく、時はゆったりと流れていった。


昼頃になり、書くことにも疲れると、さやかは昼食をとるためにゴルフ場のレストランに向かった。連れもなく、一人でレストランの入り口に立っていると、すぐさまウエイターがやって来て、

「お疲れさまです。何人様でしょうか?」

と丁重に腰をかがめた。さやかのことをコースから上がって来た客と思っているようだ。

さやかが「一人」と答えると、中央に近い、赤いクロスのかかったテーブルの椅子を引いてくれた。

オレンジジュースとうどんのセットを注文したが、この頃の癖で、なさけないとは思うのだが、つい値段が気になってしまう。千六百円はかなり高いと思ったが、場所柄なので仕方がない。それに最近めっきり食欲がなくなって、うどんのようなつるつると口当たりのよいものし

か受けつけないのだ。

食後、ゴルフ場の周辺を少しブラブラした。それだけのことでも、日頃のさやかにしてみればありがたい解放感だった。子供の頃から下駄や草履が好きで、今でも洋服に草履を履いて歩く。さやかはここでもスカートに草履を履いていた。その草履が小砂利を踏む音を聞きながら、さやかは新鮮な空気を胸いっぱいに吸い込んだ。そして、ふと——そうだ、鐘山苑に行けなかった分、ゴルフ場のお風呂に入ろう、あそこなら、なんといっても、タダだもの。元来、天真爛漫なところのあるさやかは、自分の思いつきにすっかり満足し、散歩の進路をすぐさま方向転換した。

大きな赤いリボンのバックを片手に、すましてフロントの横を通り過ぎようとした時、

「早い上がりでございますね」

ここでもやはりゴルフ客と勘違いしたらしい係のおばさんに声をかけられ、一瞬ひやりとしたが、

「ハイ、お疲れさま」

とっさに笑顔で取り繕った。

まだオープン前の風呂場は薄暗く、人の姿もなくシーンと静まりかえっていた。浴室のドアを開けると、湯煙が窓から差し込む光を包み、白くそしてうす紫に立ちのぼって、その揺らめ

きはさやかを手招きしているようで、心が弾んだ。

ここでたっぷり時間をつぶそう。さやかはざっとシャワーを浴びてから、湯船に足先をつけてみたが、一番風呂はさすがに熱い。しかし、気合いをいれて一気に身を沈めた。

ビリビリビリと、まるで全身に電気が走るような感じがして、それがかえって心地いい。が、次の瞬間、不意に、集金の男の顔が脳裏に浮かんだ。さやかは弾かれたように立ち上がり、湯船を飛び出た。まったく、せっかくいい気分だったのに！　いいようのない不快な気持ちを振り切るように、今度はサウナ室に駆け込んだ。

まだ電灯のついていない暗いサウナ室でじっと膝を抱え目を閉じた。そうしていると、何かから守られているような安心感があり、妙にホッとした気分になった。そういえば、子供の頃、父に叱られて押し入れに隠れ、布団のあいだに身を挟んで息をひそめていた時に感じたあの安堵感に似ている。さやかはその頃を無性に懐かしく思い出していた。

しかし、数分もたたぬうちに、暑さで息苦しくなり、サウナ室を飛び出した。汗が滝のように流れ、大きく肩で息をして、額の汗を拭ったとき、明かり取りの窓に真っ青な空が広がっているのが見えた。

さきほどまでの雲はすっかりどこかに消え去っていた。そして、青空を背景にゆらゆらとゆれる木々、小刻みにふるえる葉――なんの変哲もない、どこにでもある光景だった。

しかし、さやかにはハッとするほど新鮮で、何か意味あるもののように感じられた。迷い、さまようさやかの心に、霧の彼方から人知の及ばぬ大きな力が、光を当ててくれている……。なぜか、そんな気がした。

さやかは吹き出る玉の汗を手の甲で拭うと、火照《ほて》ったからだを冷やすため今度は水風呂へと走った。広くガランとした風呂場で一人、さやかは、サウナ、水風呂、サウナ、水風呂と、何度も往復した。何かにとり憑かれたように、背負ってしまった重い荷物をふりほどきたい衝動に、そのときさやかは駆られていた。

生きるとは、どういうことだろう。そして、命とは、死とは——。

青桐のころ

　太平洋戦争も徐々に日本の形勢が不利になりはじめた昭和十八年、その年の三月七日、さやかは川島家の次女として東京の八王子に生まれた。もちろん、二歳で終戦を迎えたさやかには、はっきりした戦争の記憶はほとんど残っていないが、戦後になり、物心ついた頃から、母、静に何度も何度も話を聞かされたので、それが自分自身の記憶でもあるかのように錯覚するときがある。

　サイレンの音が街にけたたましく鳴り響くと、急いで電灯に黒い布をかぶせたものだった。――と、母の戦争の話はきまってこの空襲警報からはじまるのだった。暗い部屋の中でひっそり息を殺している。すると、数秒後、かならず停電になった。

「真っ暗な中で、ここでみんなこのまま死んでしまうんじゃないかと思って、体じゅうガタガタ震えたものだったわよ」

　昭和十九年になると父も招集され、一人家をまかされていた母は、突然のB29の爆撃にあった。とるものもとりあえず家を飛び出し、戦火の中、一歳のさやかを背負い、姉の愛子の手を引きながら、八王子を流れる浅川めがけて走りに走った。橋の途中で、一メートル先に不発弾が落ちているのを見つけて、どうやら自分たちが命拾いしたことを知り、それからあとは、母子三人、土手を転げるように降りて、川の中に身を沈めた。
爆撃はおさまったが、すでに帰る家は焼け落ちていた。さやかには記憶にないのだが、しばらくは橋の下での生活が続いたそうだ。母は、子供たちが怖がらないようにと、夜になると頭から布団をかぶせてくれた。そして、今でも治らない母の冷え性はこの時の生活が原因なのだ、とそれがいつも、母が戦争の話を締めくくる時の言葉だった。

父は無事復員してきたものの、戦火ですべてを失った一家は、立川駅近くにある、父の勤める会社の寮に引っ越すことになった。家の北側を線路が走り、周囲を高い壁に囲まれて、門には大きな扉がついていた。いかにも用心深い父が選びそうなところだ、とさやかはその時子供心にも思ったことを覚えている。しかし、さやかはその家の広い庭と、そこに植えられた大きな青桐の木が気に入った。そして、その青桐の木の下での記憶は、年を経てなお鮮明に、さやかの脳裏に浮かんでくるのだ。

「やあーい、やあーい、チンドン屋！」

もうセピア色になった光景――。

手先の器用な母は、どこから手に入れたのか赤・青・黄・ピンクやブルーの、まるで虹のような布であっという間にブラウスを作ってくれた。さやかはうれしくて、袖を通すブラウスは風を羽織るように心地よく、さっそく友だちに見せびらかそうと外に飛び出していった。ゲタをはくのもそこそこに青桐の下に立ち、胸いっぱいに空気を吸い込み、空を仰いだ。

「チンドン屋！」

どこかでそう叫ぶ声がした。ときどき、街にチンドン屋がやって来ることがあったので、さやかはまたそれが来たのだと思ったが、耳を澄ましていると、「チンドン屋！　チンドン屋！」の声がだんだん大きくなってくる。そして、いつのまにか数人の男の子が青桐の下に集まってきた。

「さやかの服、チンドン屋が着る服だ！」

「おーい、さやかはチンドン屋だゾ。さやかのチンドン屋、チンドン屋！」

両足をくの字に曲げ、青虫みたいな青っ洟をたらし、タコのように口をとがらせ手を叩いている。

だが、さやかも負けてはいなかった。

「おまえらの方がチンドン屋に見える！」

力いっぱい言い返した。

しかし、男の子たちはなおも「チンドン屋」と叫びながら、さやかにどんどん迫ってくる。青桐のまわりをぐるりと取り囲まれ、さやかにはもう逃げ場がなかった。やさしい母の温もりを身にまとい、悔しさと悲しさでいっぱいになった。秋風が青桐の葉をかさこそと揺すり、おかっぱ頭の髪の毛をさらさらと吹きすぎて、そのとき、さやかの目から涙がポロリとこぼれ落ちた。

人は自分と同じように考えるとは限らない。でも、好きなものは好き、自分が好きなら、それでいいじゃないか。母の作ってくれたブラウス——さやかは人が何と言おうと、それが大好きだったのだ。十人十色。あれも良し、これも良し。

もしかしたら、さやかがこんなふうに考えるようになった、これが最初の出来事だったかもしれない。

それにしても、あの日あの場をどうやってくぐり抜けたか、さやかはまったく覚えていない。ただ、家に帰って、いじめられたことは、母にはけっして話さなかった。「チンドン屋」と言われたことで、せっかくブラウスを作ってくれた母を傷つけたくなかったから。

＊

四歳の幼いさやかは、門の扉を開けることを両親から厳しく禁止されていた。が、好奇心たっぷりのさやかにとっては、その扉をこっそり開けて、人の行き交う街を眺めるのが何より楽しかった。

そんなある日のこと。そのときも街を眺めていたさやかの耳に、「助けてー」という女の悲鳴が聞こえてきた。聞き覚えのある声は、母の妹のヒサ叔母さんだ。

「殺されるウー！」

あたりかまわず大声で叫びながら、夕暮れの人込みの中を、裸足でこちらに向かって駆けてくる。

その後ろから、下駄の音を響かせた大男が、キラリと光る日本刀を片手にかざし、もう一方の手には鞘を持ち、全速力で追いかけてきた。どんどん姿の大きくなってくるその大男を見れば、なんとそれは母の父親、ヒサ叔母さんにとっても父親の、さやかのじいちゃんではないか。

今度はさやかが全速力で家に駆け込んだ。

「たいへんヨ、たいへんヨ」

部屋の奥から、「さやかちゃん、どうしたの？」と母の声。

それから玄関先に出てきた母はびっくり仰天してしまった。

ハアハア馬のような荒い息をし、大声でじいちゃんが、「ヒサを出せィ！」と怒鳴りちらしている。怒鳴るたびに首筋の血管がふくれ、ミミズがはっているように見えた。仁王立ちになり、振り上げられた刀は玄関先で陽を受けてキラッキラッと、稲光のように光っているが、天を指す刀はなぜかさやかには、とても短く見えるのが不思議だった。たぶんじいちゃんが大男すぎるのだ。

「あんな奴と歩くような娘は、オレの娘なんかじゃない」

「わかりました。父さん、ヒサには私からよく話しますから、ネ、それはしまって」と哀願する母。「とにかく今日は家に戻ってくださいよ」

なおも鼻息荒く母を睨みつけていたじいちゃんは、しかし、しばらくすると「よし、わかった」と一言言って、刀をベルトにさし、回れ右をして門の方に歩いていった。

さっきの威勢はすっかり消えて、なぜか突然がっくりと肩を落とし、とぼとぼと歩いていく、そんなじいちゃんの後ろ姿を見ていると、さやかはなんだか急にかわいそうになり、「じいちゃん、気をつけてネ」と出せる限りの声をふりしぼり、大声で何度も叫び続け、その声はあわただしい雑踏の街にすいこまれていく。

するとじいちゃんは「おう」と言って振り返り、「さやか、また泊まりに来いな」と右手を高く振りあげた。

ああ、これはいつものやさしいじいちゃんだと、さやかは思ったが、さっきは短く見えた刀がベルトに長く納まり、今度はじいちゃんが小さく見えた。歩くたびに刀はガクッガクッとバランス悪く揺れ、その姿は夕闇の街に少しずつ小さくなり、消えていった。

じいちゃんにはばあちゃんがいなかった。なぜいないのか、幼いさやかにはよくわからなかったが、ばあちゃんのいないじいちゃんのことを思うと、さやかは急にわけもなく寂しい気持ちになった。家に帰ってもじいちゃんは独りぼっちなんだ。

さやかが家に戻ると「もう出ておいで」と母が押し入れに向かって声をかけているところだった。襖がするすると開き、そうすると中から、汗に濡れた髪が額と頬にベッタリはりつき、オバケのような青白い顔が現れて、さやかは一瞬びっくりした。

「姉ちゃん、ゴメン」

ヒサ叔母さんはそう言って泣き伏した。しばらく肩を揺らしながら泣き続け、やがて顔をあげて「本当にゴメン」。その顔にさやかは二度びっくりさせられた。目が真っ赤に腫れ上がり、顔が倍くらいに大きくなったように見え、まるでカバのようだったからだ。

やがて落ちついた叔母さんがさやかの方を見たときは、色黒の顔に真っ白におしろいが塗られていて、そばかすがきれいに消え、ずいぶん美人に見えたのには、三度びっくりさせられた。女の人の顔はカメレオンのように変わるんだ！

その夜は、ヒサ叔母さんと母のヒソヒソ話す声がずいぶん遅くまで続き、部屋の明かりが消えることはなかった。

ずっと後になってから聞いた話だが、母たちの母親が早くに死んだせいもあり（だから、じいちゃんにはばあちゃんがいないのだ）、じいちゃんの躾はかなり厳しいものだった。あの頃は、米軍基地のある立川では外国人が街にあふれていて、ヒサ叔母さんが黒人の軍人さんと歩いているところをじいちゃんに見つかり、それであんな大騒ぎになったということが、ようやくさやかにも納得できた。

しかし、さやかはアメリカの軍人さんが行き交う立川の街が大好きだった。軍人さんはカッコよかったし、何より街に活気があった。

が、さやかの父は、まさかヒサ叔母さんのことがあったからでもないのだろうが、そんな場所から逃げるように、突然の引っ越しを家族に告げた。

＊

引っ越しの日の朝。さやかは例のチンドン屋の服を着て、青桐の下に立った。空高くそびえる木を仰ぎ見て、小さな手で幹を撫でながらゆっくりと一周りした。ザラザラとした樹皮はちょっと痛かったが、手のひらの感触は心地よく、木の温もりが次第次第に体じゅうにしみ込んでいくようだった。さやかは青桐と一体になったように感じ、思いきり両手を広げると、木に抱きついて、青桐に最後の別れを告げた。

「出かけるよ」の声に、みんなのところに戻ってみると、家の前には荷物がうずたかく積み上げられ、その横に、生まれて間もない妹のひとみがちょこんと座っていた。その隣にはナベや釜を吊るした一台の乳母車。父がひとみを乗せた乳母車を押し、その後ろに姉の愛子、モンペ姿の母はさやかの手を引きあとに続いた。

どこまでも続く砂利道。遅れまいと、さやかは必死に母の手を固く握りしめたが、汗で今にもつるりと手が抜けそうで怖かった。砂埃の中、父の押す乳母車が大きな石に乗り上げるたび、ナベや釜がぶつかり合い、ガランガランとあたりに大きな音を響かせて、さやかの緊張する心をさらにびくつかせた。

引っ越し先にはなかなか着かなかった。長いあいだ、誰もが無言で、ただ、傾きかけた太陽が、黒く蛇のように数本の家族の影を東に伸ばし、一緒についてきた。そして、暮れはじめた西の空には、くれないの夕焼けが美しく、それはさやかの心を少しだけ和ませてくれた。

しかし、冷たい風が吹くたびに、さやかはクシャミを繰り返し鼻水が止まらなくなってしまった。鼻水はくれないの空を見上げるさやかのあごを通り、首筋につたい流れた。それでも、小さなさやかには、なぜ空があんな燃えるような深紅の色に染まるのか不思議に思えて仕方なく、いつまでも空を見上げ続けていた。

さやかのなかで、自然が織りなす神秘的なこの〝くれないの引っ越し〟は、いまなお脳裏に焼きつき、薄れることがない。いつまでも続く砂利道、心細さ、そしてあの夕焼けの美しさ——。引っ越しはかれこれ二時間、いやもっと長かったような気がする。

やがて、紅葉した小高い丘の雑木林が目の前に広がり、そこで父は足を止めた。たどり着いたのは、立川市のはずれ、五分も歩けば国立市に境を接する場所だった。

「ここが、今度住む家だ」

宣言するように言って、左手の一軒家を指さした。古びた家だが、幼いさやかにはずいぶん立派な家に見えた。たぶん周りの紅葉した雑木林が家を引き立たせているためかもしれなかった。とにかく、ようやくたどり着いた家を前にして、家族全員がホッと安堵のため息をついた。

*

一家はつましく、しかし平穏な日々を送り、母はせっせと刺繍の内職に精を出した。白い大きな布を丸い枠にはめ、色とりどりの糸を刺しては、花を咲かせ、鳥を羽ばたかせる。なかでも蝶の羽の刺繍など、そのうち羽が動きだすのではないかと思えるほど躍動感にあふれたものので、それはまさに芸術的な出来ばえだったのだ。

母の腕がいいためか、仕事は多忙をきわめた。父は時計職人でサラリーマンだったが、父の給料の何倍も母の賃料のほうが多かった。

そんな母に連れられて、さやかは一度だけ、日本橋の白木屋に連れていってもらったことがある。ショーケースの中でライトを浴びる、母の作った刺繍のハンカチ。それはクラクラするほど美しく、さやかは心奪われて、母を誇りに思ったものだった。

その頃さやかはよく一人で、裏山の雑木林で遊んだ。木漏れ日のところを選び、ひらひら舞い落ちるもみじの葉を拾っては光にかざし、真紅の色を見続ける。赤い葉の向こうにあるかもしれない何か未知の世界に、さやかは思いをめぐらしていたのかもしれない。

そして、夜になると布団にもぐり込み、暗い中で懐中電灯をつけ、もみじの葉と自分の手を交互に照らしてはうっとりと眺めた。さやかにとって、同じような形をした、光に映しだされる赤い色は不思議なほど美しく、見ていて飽くことがなかったが、家族のみんなからは「ヘンな子」とおかしがられた。さやかはまったく気にせず、落ち葉遊びは毎日、毎日続けられた。そして、いつのまにか、もみじの押し花でパンパンに膨れあがった本は、さやかの宝物となった。

ストレプトマイシン

やがて雑木林に木枯らしが吹き抜け、冬の到来を告げる頃、さやかは体調を崩した。熱が下がらなかったのだ。診察を受けたが、医師からはただの風邪と言われ、たいした治療もしないまま、家でゴロゴロしているしかなかった。だが、一向によくならない。一人布団に寝ていると、不安になって、さやかは大きな声で母を呼ぶことがよくあった。そんな時、母はどこからともなくかならず顔をのぞかせて、さやかを安心させてくれた。

それにしても、ただの風邪にしてはおかしい。考えあぐねた両親は病院を変えることにした。その結果下された診断は、重症の結核性肋膜炎。いまなら、癌の宣告をされたにも等しい、それは重大な病気、死を宣告されたも同じだった。

結核にはストレプトマイシンという薬がよく効くと教えられ、街の噂では、進駐軍から流れ闇市で売られているということだったが、藁をもつかむ思いの両親は、医師に多額のお金を払ってそれを買った。そのため家計は逼迫し、母の内職は、これまで以上に、毎夜遅くまで続けられることになってしまった。

「丸山先生が来た！」

そう言うと、姉の愛子は、狭苦しい玄関先に出向き、正座をしながら深々とこうべをたれ向い入れる。そんな姿をみるたびに、まったく余計なことを……、姉を苦苦しく感じる、ひねくれ少女だった。丸山先生はいそいそと上がり、黒の少しよれた背広を着て、黒の大きな診察カバンを持ち、ずんぐりむっくり、頭はかなり禿げ、てっぺんはテカテカ。そして、これまた小太りの、ピーナッツをふやかしたような看護婦さんを同行してきた。

さやかは二人の姿を見ると、いつも泣き出したいような気持ちになる。先生は、一息ハァーと息をすると、おもむろに聴診器を取り出し、骨ばった体のあちこちにあてると、さやかはきまって身をよじり、「さあ、今度は後ろを向いてごらん」のやさしい声は悪魔のささやきにも聞こえたものだ。ストレプトマイシンの注射は毎日、大小二本。一本は六センチほどで太さは親指くらいの細いものと、もう一本は二〇〇ccの巨大な注射だった。それは長さが十二センチくらいもあり、穴から向こうが見えるほど太い針の注射だったから、さやかはもう見ただけで震え上がってしまうのだった。

丸山先生の往診は、雨の日も風の日も雪の日も毎日続き、それは一年間も続けられた。さやかは五歳になっていた。

ちょうどその頃のこと。父の「早く寝ろ！」の怒鳴り声で、母と姉と妹とさやかの四人は、早々と七時頃にはいっせいに六畳の部屋に寝に向かう。週に一度は決まってそうだった。父の命令のもと、父以外の家族全員が床につかねばならなかったのだ。そして、蒸し暑い夏の夜など、さやかたちはまず、部屋いっぱいに緑色の蚊帳を吊るのだが、さやかにとって、蚊帳の中はまるで緑の森にいるようで気分がよく、母と枕を並べられることもあり、週に一度のこの日が楽しみだった。

しかし、枕に頭をつけた時、ふと、自分たちをこんなに早く寝かせて、父は一人でいったい何をやっているのだろう？　幼心に疑問がふつふつと湧き上がった。

さやかはむっくり起き上がり、蚊帳の中を隣の部屋の方へとはっていった。「シィー」母が唇に人指し指を立てて、そうするとちょうど唇と指が十字架のような形になったが、もう一方の母の手はさやかの足首をしっかとつかんでいた。が、さやかは強引に先へ進む。

「さやかちゃん、寝なさい」

押し殺した母の声も無視して、さやかは蚊帳の外に出ると、境の襖を息をひそめてそーっと開けた。

薄暗い三畳間は長いコードの裸電球が下のほうにまで下がっていて、背を丸めている父の後ろ姿を照らしていた。そして、さやかはびっくりしてしまった。父は大きな南京袋からお札を取り出し、シワになった四隅を唾をつけながらのばしては、一枚一枚畳の上に並べているではないか。三畳間はほとんどお札で埋まっていた。さやかは息をのみ、まるで夢でも見ているような心地だった――。

が、さやかの記憶はここで、ぷっつりと途切れている。このあとのことはまったく思い出すことができないのだ。しかも、このとき見た光景は、長い時間をかけて、なぜ父があんなことをやっていたのかわからないまま、さやかの記憶の底へと沈み落ち、やがて静かに封印されることになった。

＊

治療は相変わらず続いていたが、ある日のこと、往診が週に一回になるという、さやかにとってはうれしい話が出た。その代わり、父に注射をしてもらわなければならない。さやかには、丸山先生の注射より、父の注射のほうがまだいいように思えた。この頃の先生は、注射を持つ手がさやかの腕の上でプルプル震え、なかなか血管に入らなかったのだ。心のなかでいつも「早く刺せ！」と叫んでは、その怖さをまぎらわそうとしていたが、それが父にバトンタッチとなって、医者でもないのに……と思ったが、先生の指導よろしく、父のほうが何倍も上手だった。さすがに腕のいい時計職人、手先が器用なのだった。

しかし、冬が過ぎ、桜の花が咲くころになっても、さやかは外に出ることができなかった。家の中でちょっと遊んで疲れたりすると、それだけでもう熱が上がってしまったのだ。

母は、結核菌が他の家族にうつらないよう、食器から身の回りの物すべてを煮沸消毒しなければならず、忙しい毎日がますます忙しくなっていた。台所には、一日じゅう、蒸し器から上がる湯気が揺らめき、家じゅうクレゾールの臭いがした。

そして、夜になると、両親は額を寄せ合い、コソコソと話し合った。

「きっと、あいつにうつされたんだ。絶対に、間違いない！」

「あいつに決まっている。あいつ以外考えられん」

それは立川の寮にいるとき、隣に住んでいた夫婦のことだった。夫が結核を病んでいて、さやかはいつも両親から「隣の家に行ってはいけない」と止められていたのだが、なぜ行ってはいけないのかわからなかったので、一人でちょくちょく遊びに行っていた。ときには一緒に食事をし、口移しで食べさせてもらうほどの仲良し。夫婦には子供がなく、さやかをとてもかわいがってくれたのだ。

あの時うつされたのかどうかはわからないが、今となってはすべてが後の祭りだった。さやかは、両親の疲れ切った姿を横目でチラチラうかがい、そのたびに、なぜ父があのとき急いであの場所からの引っ越しを決めたのか、ぼんやりと飲み込めたような気がした。

熱は相変わらず三十七度あたりを行ったり来たりしていた。もちろん注射も毎日続けられた。

そんな日々のなかで、さやかはふと、あることを思いついた。体温を測ったあとで、二、三回体温計を軽く振ってから母に渡すのだ。そんな日は注射がなかった。それに、熱が下がると、両親が大喜びする。二つもいいことがあるのだから、さやかは当然、それから毎日体温計を振り続けた。

ある日、いつものように夢中で体温計を振っていると、その先が膝頭に強く当たり、ピシッという音とともに折れてしまった。ガラスの破片が周囲や膝の上に散り、傷ついたところからは真っ赤な血が流れ出た。水銀は細かく分裂し、鈍い色を光らせながら生き物のようにコロコロと動いている。

どうしよう！

この頃熱が下がったと大喜びしていた両親。さやかは膝の痛さと、嘘がばれてしまう悔しさと、自分のために夜遅くまで内職を続けてくれる母への申し訳なさとで涙が出てきた。

「さやかちゃん、もういいかな？」

部屋の向こうで母が声をかける。その時のやさしい母の声は、さやかには、まるで『赤ずきん』の童話に出てくるオオカミの声のように聞こえたものだ。さやかは「まあだだヨ」と返事ができたらどんなにいいだろうと思った。ギュッと閉じていた目を薄く開けると、粉々になったガラスと水銀の丸い玉が涙ににじんで、大きな雨だれのようにキラキラと光って見えた。

「どうしたの？」疑わしそうなオオカミの声。

顔をあげ、母の眼差しを見たとたん、さやかは「ゴメンナサイ」と言って、大声で泣きだした。

母はそんなさやかと周囲の様子を見て、一瞬で状況を理解した。

「そこを動いたらダメよ」

雑巾を持ってきて、散乱するガラスの破片と、鈍くころげ回る水銀を苦労しながらかき集める。その器用な手は、素早く動き、さやかは中腰になった母の、やせている割には大きなお尻を茫然と見つめていた。

「でも、お父さんには内緒よねェー」

逃げ回る水銀を追いかけながら、母はいたずらっぽくそう言った。

その言葉はとても温かくて、縮こまっていたさやかの心を解きほぐしてくれた。

このときのことは、幼いながらもさやかにとって大きな出来事だった。人を許すこと、人への思いやり、そしてちょっとした言葉で人間の心は生き返ることができるということ。母は身をもって、さやかに教えてくれたのだ。

この事件を境に、さやかは母のためにも早く病気を治そうと、心に決めた。そして、昭和二十四年、六歳になった頃、ようやくさやかの病気も快方に向かい始めた。川島家にも明るさが戻ってきた。が、注射代でお金を使い果たした一家の生活は楽とはいえなかった。

その頃のこととして、さやかの記憶に残っているのは、母に執着する父の姿——父は母がいなければ夜も日も明けないといったふうで、家にいる時はいつも母の後をついて回った。姉は忙しい母の手伝いをよくしていた。妹のひとみはそのとき二歳。チンチン愚図ってばかりいるので「チンちゃん」というあだ名がついていた。

キャラメル大の印

昭和二十四年、春。さやかは桜咲く門をくぐり、小学校の一年生になった。

しかし、入学はしたものの、学校まで三十分の徒歩通学は、病み上がりの体にはきつかった。

さやかは一ヵ月でダウンした。

「さやかは早生まれだ。無理することたあねえ。少し休ませろ！」

じいちゃんのその一言で、両親も納得し、さやかはしばらく休みをとることになった。母のかたわらで過ごす日々。しかしその年の夏、さやかの家のすぐ近くの雑木林を切り崩して学校が新設されることになり、さやかはさっそく二学期から、歩いて五分もかからぬその立川第六小学校に通うこととなった。これで両親もひと安心。もちろんさやかも、同級生から一学期近く遅れたが、ようやく小学生になれた喜びを胸いっぱい感じていた。

朝になると分厚い日めくりのカレンダーを一枚めくって、元気に学校に出かけていく。さやかはすっかり健康をとりもどし、大病の名残《なごり》もなく、毎日を生き生きと過ごしていた。

ちょうどそんな頃、日曜日の早朝、雨の日も風の日も、ドンドンドンガララ、ドンドンドンドンガラランと大太鼓のなりひびく音が聞こえてくるようになった。

窓からのぞけば、同じクラスの杉田君のお父さん。

「ネェー母さん、杉田君のお父さん、太鼓をたたいているヨ」

「そうヨ。杉田君の家、自宅を開放して日曜学校を開くそうヨ。熱心なクリスチャンだって聞いたわ。本当にえらい方ネェー」母は楽しそうにそう答えた。

太鼓の音に合わせ大きな歌声。「ただ信じぜヨ。ただ信じぜヨ。信じる者は救われる」

さやかの父も母もとりたてて信心深かった訳でもないが、信じる者は救われるというわけも解らぬ言葉にすいよせられ、妹と通い始めた。杉田のおじさんと賛美歌を歌い、なんだかむずかしい話を聞いたが、帰りに小さなノートにきれいなシールを貼ってもらうのが、なによりもうれしい!! ノートは、かわいいシールですぐ一杯になる程通い、おまけに皆勤賞でエンピツをもらった。二重の喜びに舞う。

初秋の風が窓ガラスをガタガタたたく朝、母さんが暗い顔をして、信じたくないような淋しい話しを始めました。

「杉田君のお父さん、きのう送電線に触れて感電死したそうヨ。まだ三十代の若さなのに、お気の毒だわ。あんなにいい方がネェ……」

そんな話しをする母の言葉は、耳に入らない。この世に神がいて、信じる者は救われる、と言ったおじさんがなぜ死んでしまうのか？　そんなむずかしい事を深く考えられる年ではなかったが、突然、この世から消えてしまったあの歌声と太鼓の音が耳から離れない。

日曜日、ポッカリと心に穴があき、穴の中に涙の池ができる。本当に信じる者は救われるのか？　幼心に、漠然とした疑問をさやかに残し、死んだ杉田のおじさん、楽しかった日をありがとう!!

もしかしたら、この経験が、さやかに人間を超える存在を感じさせた最初だったのかもしれない。

＊

ペダルを踏み、風に吹かれて長い三つ編みが、後ろに乗ったさやかの頬をくすぐる。

「髪がじゃま！」

「わかったヨ」

姉の愛子は片手をハンドルから離し、髪を直した。

姉は三歳下のさやかをよく自転車の後ろに乗せてくれた。明るくて、口八丁手八丁。二人の妹たちをかわいがり、家の手伝いも文句一つ言わずによくしていた。

その点、さやかの方は、大病をした分だいぶ得をしているが、かわりに、多少臆病な性格になっていた。おまけに運動神経はゼロに等しく、体育のある日は学校に行きたくなかった。特に、ドッジボールの時は、胸にボールが当たるのがイヤで、逃げてばかり。さやかは胸には神経質になっていた。また、プールも嫌いだった。思いあまった先生は、さやかを抱き上げ、プールに放り込んだが、おかげでさやかは溺れてしまい、それ以来ますます水が怖くなり、大人になった今でも相変わらず泳げない。

泳げないさやかは、泳げない事でイジメに合った。それともう一つ、鼻赤ブルちゃんだ。元気になったといっても、喉に大きな扁桃腺を二つも持つ。その為、カゼをひきやすく、すぐ熱を出し、いつも鼻水がたれるので、母はよくガーゼのハンカチを持たせてくれる。鼻ばかりかんでいるさやかは、いつも鼻の下が赤い。治りかけると、大きなかさぶたができてしまい、それが恥ずかしいので、取ってしまう。また鼻の下が赤くなる。その繰り返し。子供の頃は、ブス顔で、ちょっぴりブルドックに似ていた為に、鼻赤ブルちゃんとからかわれ、無口に暗くなる。今世間でさわがれるイジメであろう。

イジメの主は高田君。ドッジボールが得意。少し太りぎみの体をノッソ、ノッソとどこからともなく現われ、無口で、伏し目がちのさやかに向って大声で「鼻赤ブルちゃん」と笑いながら、さっと消える。――みんながいっせいに私を見てる――彼は、軽いのりで言っているようだが、いわれる身は日に日に傷ついていく――。

「お母さん！　ただいまぁー」

「おかえり！」呼べば答える母の声。どんな心の傷も流してくれる母がいる。

その頃、さやかが好きだったのは、音楽を聞くこと。ピアノを習いたいと思っていた。しかし、「ピアノを買って！　習わせて！」と父に叫んでも、反応なし。仕方がないので、ピアノを持っている近所の時子ちゃんの家に、ピアノ目当てによく遊びに行った。あるいは、紙に鍵盤の絵をかいて、それを叩いて何とか気持ちをごまかしていたが、父はそんなさやかを見ても、

「そんな河原乞食みたいなもの、大金出して買うこともないし、習うこともない！」

顔を引きつらせて一喝した。

「感性のない人は芸術なんか理解できないヨ」

母は小さな声で言い、それからさやかを見て、目を伏せた。伏せた瞼は寂しそうに垂れていて、それを見たさやかは、きっとゴメンと言っているんだ、と思った。

それでもあきらめきれずに、時子ちゃんのピアノ教室にまでついて行ったこともある。鍵盤の上で踊る時子ちゃんの指、それを見ていたさやかは、思わず太ももの上で指先を弾ませた。リズムに乗って叩かれる腿は次第に熱くなり、わけもわからずさやかは嬉しくなってくる。

教室の先生が、いつも熱心なさやかを見て、時々ピアノの前に座らせてくれた。鍵盤に触れるとヒヤッと冷たく、思わず背筋が伸びて、熱いものが全身を駆けめぐる。

「上手だね。習う？」

「はい」と返事ができないもどかしさに胸がつまり、さやかはするりと椅子から下りた。そのとき、ピアノを習わせてくれない父への憎悪がこみ上げてきて、しかしすぐに、そんなことを感じてしまう自分が嫌になった。あんなに一生懸命、病気を治してくれたんだもの……。

その二日後、赤い卓上ピアノがさやかの机の上に置いてあった。さやかに内緒で父が買ってくれたものだった。

さやかの左腕には、打ち続けた注射のため、キャラメル大の傷がケロイドのように残っている。卓上ピアノを買ってもらった日、さやかはあらためてその傷をじっくりと観察してみた。毎日、毎日、父がさやかのために打ってくれた注射のあと。それはさやかにとって父の愛情の印だった。たくさんのお金を使いながらも、ただきやかのためだけを思い、その結果できたあとだった。さやかは、その印に励まされたような気がした。なんだか体じゅうに力がみなぎり、心がときめいてきた。自分は一人ではないのだ、キャラメル大の印を見ながら、心からそう思った。

二年に進級したさやかは、たまに扁桃腺がはれ熱を出したが、元気で遊び回った。

春はレンゲ畑でかんむり作り、夏にはメダカ取り、けっこう遠出をし、帰りはみんなで桑畑の中に散り、我を忘れて桑実を食べる競争をした。野イチゴに似て少々しぶいが、あまくておいしい！　色は濃い紫色をし、食べた後は口の中が、おはぐろのようにそまり、互いにその顔をみくらべては笑いこけた。またそれが理屈なしで楽しい。みんなでやみつきになった。自然一杯の武蔵野。今でもあの笑い声が聞える。ほうら聞える、紫の思い出――。

しかし、家に帰ると桑実を食べた事がばれないよう、夕食の時は一人うつむき、口を小さくして食べるのが苦痛だった。楽しみの後には苦痛がともなう事を知った頃、とうとう鏡の前に立たされた。「さやかちゃん、口を開けて！」おそるおそる目を開けると、白い歯がまだうす紫にそまっている。「エ！　きれいじゃん」と内心ニンマリ。「自分で見てごらん。桑の実食べたんでしょう?」鏡の前に顔を押しつける。「母さんは何でも解るのヨ。病気をすると、さやかちゃんが困るんでしょう?　いつも父さんと心配しているんだよ!!」

何回もだまされたふりをし、時を待っていたのだ。いっこうにやめないおはぐろ遊びを忍耐強く見守り、頃合いを見つけてさとす。いつもあまりある愛情で接する母は、子育ての達人であったようだ。

＊

昭和二十七年、さやかは小学校の四年生。この年、蛍光灯が家に付いた。紐を引いてもなかなか明るくならないのがさやかにはおかしかった。また、街頭テレビが登場して、さやかももちろん人々に交じって、背伸びをしながら、映像を不思議そうに見上げたものだ。

そんなある日、爽やかな朝、学校に行くと、担任の斉藤先生にさやかは呼ばれた。

「さやか、三月の音楽会、一組の代表としておまえが選ばれたヨ」

突然の先生の言葉にさやかはびっくり。

「歌は『子鹿のバンビ』だ。二組は立川君で、『スキー』を歌うし、三、四、五組と、全部で五人出るんだぞ。おまえも頑張れ！」

立川じゅうの小学校が参加する大きな音楽発表会。その代表に選ばれて、さやかは小躍りして喜んだ。

♪子鹿のバンビーはかわーいーいなー
ピアノのことはすっかり忘れ、今度は歌に熱中した。しかし、また反対されたくなかったので、このことは父に内緒にしていた。

そして、いよいよ音楽会の当日。三月の空はどこまでも青く、マシュマロのような雲がところどころに浮かんでいる。先生に連れられて、さやかは遠足気分で会場の公民館に向かった。

館内は、生徒や父兄で熱気に満ち、華やいだ雰囲気だった。さやかはその様子を見て、ちょっと緊張したが、まだ遠足気分のほうが強かった。

各小学校代表の生徒たちが次々と歌い、さやかの出番となった。生まれて初めて立つマイクの前で、まずは教えられたとおりにちょこんと頭を下げた。少し心臓がドキドキしていたが、伴奏に合わせて出だしは上々。なんとか一番はうまく歌うことができた。そして、二番が始まるまでの間奏のあいだ、ホッとして客席を見回した。

アッ！　目に入ったのは、なんと、じいちゃんの姿。一番後ろに立っている。

喜びのあまり、緊張感とは別に、心臓がバクバクしてきて、全身の血が逆流し、頭のなかが空っぽになってしまった。そして――、二番の歌詞を忘れてしまった！

ピアノを演奏している鈴子先生が、心配そうにさやかの方を見た。舞台の袖では、次に歌う二組の立川君が、「さやか、二番、二番、子鹿のバンビだ」と手足をばたつかせながら、声を殺して叫んでいる。そのとき、

「さやかーッ！」

じいちゃんが大声で叫んだ。

ハッと我に返り、なんとか途中から歌い始めることができた。

歌い終わって、舞台を下りたさやかは、まず斉藤先生の顔を見るなりペロリと舌を出して、「ゴメンナサイ」ぴょこりと頭を下げた。

「さやか、よかったわよ。よく頑張ったネ」

鈴子先生は楽譜を丸めて、さやかの頭をポンとたたいた。

失敗しても褒めてもらえた嬉しさに、舞台の上では懸命にこらえた涙を、そのときさやかは思い切り流した。

キツネの母さん

真夏の空は高く、見上げればすいこまれそうに青い。

フワフワした巨大な雲のかたまりが、かたちを変えながら流れていく。「お姉ちゃん、あの雲犬みたい。アレ、アレ、みてヨ！　キャンデーみたい!!」

妹は口やかましく、母はアケビのカゴに白いパラソルをさし、空の色と同じワンピースを着て、しずしずと歩く。その後姿は、せみの泣き声さえ涼しく聞こえさせる。まるで絵から抜け出たような母は美しく、さやかの足取は軽い。手さげを振り回す妹のバックには、色とりどりのあまり毛糸とあみ棒が顔を出す。夏というのに、くつ下のあみ方をヒサ叔母さんに教えてもらう為というのは表向き、実はヒサ叔母さんの様子を見に行く母である。

でもさやかは、ヒサ叔母さんが嫌いなのだ。幼い頃、大好きなじいちゃんを怒らせて、淋しそうに夕ぐれの街を帰ってゆくあの光景が脳裏から離れない。あの時、胸がググゥーとちぢみ、キュンと痛くなる事を初めて経験し、小さなこぶしで胸を押さえたせつない夕ぐれ。「ヒサ叔母さん大嫌い」人をそんなふうに初めて感じた頃を思い出しながら、ガタゴト、バスに揺られ三十分程、なんだか昼でもうす暗い路地をくねくねとアリ行列のように歩き、ジャリをふむ音だけが妙に耳につき、暑くるしい、と思った瞬間、母は足を止め「さあついたネ」と汗をふきふき後を振り向いた。

何度か訪ねる家だが、いつも息苦しさを感じる場所だった。反面、例のおみやげをもらえるうれしさもある。気持ちの切り替えも早いさやか。

小さなこざっぱりした借家の玄関を母はソロソロと開け、「ヒサ！　こんにちは」瞬間、母はすずしげな目をつり上げて「家に上ったら、チョロ、チョロ、ほかの部屋を開けたらダメヨ」急にキツネ顔になったので、妹と私は身体がビビッと直立不動、汗がどどっとあふれた。

「どうしてあんな顔するのかナアー」さやかはこわごわ母の後につき、足を一歩ふみ入れた瞬間フワーとあまい、鼻をクンクンさせたくなるような香りが、かたくなった身体と心を包む。

目をつむり深呼吸、そして目をパッと開けると、相変わらず色黒でソバカス叔母さんがニッコリ上機嫌で立っていた。うす暗い玄関に、真紅のバラの花が放す香り。アンバランスな光景の中で、ヒサ叔母さんがうらやましかった。私だって、大人になったら部屋一杯に花を飾ってやるんだ。子供心に強いライバル心を持った。

座敷に上がると丸い小さなテーブルに冷たい麦茶が用意され、コップの周りのしずくが、動き回る四人の姿を小さく写し流れ落ちる。

でも今日のヒサ叔母さん、しずくのようにみずみずしく、ばかにものごしがやわらかいのはなぜだろう。今日は不思議だわ！

三十分もたつと「姉さん喉が乾いたネ。今度は熱いお茶にしようネ！　暑い時には、熱いお茶もいいものヨ」母とヒサ叔母さんは、フウーフウーとお茶をふきながら、酒まんじゅうをほおばる。

さやかは、めったに食べられない外国製のクッキーとレモンティー。妹はトイレに立った。帰りが遅い妹のために、母はやさしげな顔の中に強い口調で「早くチンちゃんをつれてきなさい」とさやかに言った。急いでろうかに出ると妹は案の定、となりのフスマを少しだけ開け、一心にのぞいているではないか。

「何してるの？　母さんに怒られるヨ」すると、チンちゃんは「シィー」と言って手まねきをした。怖いもの見たさに中をのぞくと、部屋の中から異国の香りが漂う。でも暗くて見えない。ふくろうのように目をみひらくと、だんだんボンヤリと見えてくる。誰かいる？　ピシャ、ピシャと水の音、と次の瞬間、「ハロウー」とキラリと光る目、手をふるでっかい黒い男の人がいる。エ!!　外国人がタライの中で行水してる。またもや「ハロウー」の声。その瞬間、二人は母のキツネ顔が頭をよぎり、チンちゃんがよろけて転んだ。「おネエちゃん」さしだす手を引き、あわてて部屋にもどったが、頭はパニック。でもなにもなかったように母のとなりに座った。

「もうそろそろ帰りましょうか？」母の一言で帰り支度をすると、思った通りヒサ叔母さんが、台所からピンクの花柄に黄色いリボンをつけた菓子袋を妹に手渡した。クッキーとチョコレートの香りが、扇風機の風にのり、鼻先に届く。

今日やっと長い間のなぞがとけた。さやかはバスにゆられながらアレコレと思いをめぐらした。いつもくれるチョコレート、赤いバラ、みんなハロウの彼氏が持ってくるのだ。


昔とんでたヒサ叔母さんは再婚して、今は二人の娘に孫もでき、五年前に夫を亡くし、すっかり年老いて、母より長生きで七十五才。やまんばのような顔に近くなり、自分だって二回結婚したくせに、さやかの事になると、お前の奔放な生き方は理解できないと、冷たい目でつき放す。

やっぱり好きになれぬ人であるが、これもまた人生。私は「小我」な生き方でなく「大我」を目ざし、日々頑張って生き方を学んでいきたい。

ふたつの初恋

小学校の時、両親からは「勉強しなさい」とは一度も言われたことがなかった。両親にしてみれば、ただ健康でさえあってくれればとの思いがあり、さやかはその思い通り、結核を再発させることもなく、実にのびのびとした学校生活を送った。

そして、昭和三十年、さやかは中学生になった。面長で、ふっくらとした頬、さやかの顔だちは、少しずつ、母の面影を映すようになっていた。

中学校入学式の当日。小学生時代とは顔ぶれのちがう仲間たち、新しい生活への不安と期待のなか、さやかたちは神妙に担任の先生がやって来るのを教室で待っていた。

ガラッと戸が開くと、生徒がいっせいにそちらの方を見る。若い男の先生はすたすたと歩いて教壇の上に立った。

「担任の中沢和人だ。担当は社会科。教師になって今年で三年目。独身だぞ」

いかにも熱血先生といった感じの自己紹介。兄弟のいないさやかにとって、若い男性は新鮮に映った。

すぐにさやかは、中沢先生に夢中になった。今から思えば、それがさやかにとって、初恋ともいえない、異性に対する淡いときめきの最初だったかもしれない。休み時間になると、職員室に押しかけて、先生のためにお茶を運んだり、肩を叩いたりした。その代わり、給料日には先生に焼きイモをねだって、そうするとその日職員室はいいもの焼けるいい匂いが充満することになった。

当時の中学校は今に比べれば実にのんびりしたものだった。陰湿ないじめもなければ、体罰とか言って父兄が騒ぎ立てるようなこともなかった。朝礼の時など、竹刀を持ち歩く先生が一人二人はかならずいたが、それが問題になることもなかったのだ。

そして、世の中は神武景気、日本もそろそろ高度成長期を迎えようかという時だった。さやかの家にも電気釜が登場し、母の仕事も、家庭電化製品のおかげで少しずつだが楽になっていった。

＊

昭和三十一年、元旦。その日は雪が降っていた。家のまわりの冬枯れの雑木林にも雪は厚く降り積もり、さやかはその美しい景色に見とれながら、幼い頃、もみじ拾いをしたあの日々を懐かしく思い出していた。朝の冷気を深く吸い込み、そうすると一瞬時が止まったように感じられ、もみじの舞うなか、無邪気に風を追う自分の姿を雑木林の中にかいま見たような気がした。

キキーッというブレーキの音とともに、真っ白の雪のなか、真っ赤な郵便屋さんの自転車がさやかの家の前で止まった。

「おめでとう！」

白い息をハアハアさせ、上気した顔が笑った。

手渡された年賀状はずっしりと重く、さやかは家に持っていってから、自分宛のものを一枚一枚読んでいき、友だちの年賀状の他、中沢先生からのものもあって嬉しかった。

しかし、なかに一枚、名前も知らない男の人からの年賀状があった。文面はごく普通のものだったが、いったい誰だろう？　さやかは少し気味が悪くなり、それだけを取り出すと鞄の中に入れておいた。

三学期の始業式を迎え、さやかはさっそく中沢先生のところに走り、

「先生、知らない人から年賀状が来た。返しておいてネ」

そう言って、ハガキを渡すと、足早に職員室を後にした。しかし、さやかは差出人の名前だけはちゃんと書き留めておいた。おかしいなと思いながらも、興味を持ったのも事実だったの

だ。

　さやかは三学期には図書係になり、はじめての図書係の会合が放課後あると校内放送された日のこと。クラスから二人ずつ、ＡクラスからＨクラスまで合計十六人が図書室に集まった。次々に自己紹介がはじまり、Ｃクラスのさやかも終わり、最後の十六人目の男の子。目鼻だちがはっきりし、すらりと背が高く、見るからにカッコいい。さやかは心ときめくのが自分でもわかった。

「Ｈクラスの、若葉順です」

　若葉順？　さやかは心臓がぐるりと一回転してしまいそうなほど驚いた。あの、年賀状をくれた若葉順！　本人に返しておいてと先生に渡してしまった。後悔したが、後の祭り。でも、帰りがけに言葉をかけようか？　いや、知らんぷりしようかしら？　無視してやる？　千々に乱れる心に、さやかはただうつむくばかりで、先生に渡す前に差出人の顔をこの目で確かめなかった自分にガックリしていた。

　うつむき続けるさやかは、しかし、ふと視線を感じて顔をあげた。すると若葉の瞳がそこにあり、さやかは両眼をパチクリさせて、「ハガキ返してごめんね」という言葉を瞳に乗せて精一杯送り返した。そうすると、三メートル離れた若葉の目が、「まあ、いいさ。気にするなよ」と言っているように感じられた。もちろん、彼とは初対面だが、こんなふうに目と目で話ができるなんて、さやかはそう思って感動した。

こんなことばかり考えていたせいもあり、二時間の会合でいったいどんな話し合いがあったのか、さやかにはさっぱりわからなかった。そして、会合が終わっても、さやかは若葉と実際言葉を交わすことはなく、それよりも、まず職員室に駆け込んだ。

「先生、あのハガキ、どうした?」

「ああ心配するな。差出人に返してもらうよう、彼の担任の植村先生に渡しておいたぞ」とたんに、全身の力がぬけ落ちた。

「さあ、さやか、一緒に帰ろうか」

中沢先生は落胆しているさやかにまったく気づいていない。その頃は、先生と帰るのが日課になっていた。学校から駅まで、駅から家、家から学校まで、すべて歩いて六、七分の、正三角形の位置にあったから、先生とは駅まで行くか、あるいは、さやかの家に寄って食事をしていくか、その日によっていろいろだった。

「今日は駅まで送るネ」

さやかは先手をとって、先生が家に来ないように仕向けた。その日は初めて会った若葉のことで頭がいっぱいで、早く一人になりたかったし、家に帰ってこのことを母に話したかったのだ。

年賀状を返そうかどうしようかと迷ったときも、さやかは母に相談したが、母の答えはいつも同じ。

「よく考えて、さやかちゃんが自分で決めなさい」だった。

「自分で考えて出した結論なら、結果がよくても悪くても納得いくものよ」

駅で中沢先生と別れると、さやかは大急ぎで家に向かい、息せき切ってドアを開けた。「母さん！」そういう声が口から出る前に、台所のほうから話し声が聞こえてきて、危うく言葉を飲み込んだ。そして、またた、とさやかは思った。数年前から母は、ときどき訪ねてくるクズ屋の母子の面倒を見ているようなのだ。クズ屋の母親の年齢は、さやかには五、六十歳にも見えるが、三人の子供たちは一番上の子でも五歳くらい。ということは、せいぜい母親も三十五歳くらいなのだろうが、どうしても老婆に見えた。

母は父に気がねし、父の帰ってくる五時頃までには親子を帰したが、そんな日は決まって窓が開け放たれているので、さやかにはクズ屋の親子との宴の後だとすぐにわかった。

しかし、今日はその宴の真っ最中。母は、流しの隅に隠してある菓子箱のなかから湯飲みや茶椀を取り出し、勝手口の土間に張り板を横にして座らせている。子供たちはおにぎりを口いっぱいに頬張って、ひび割れたほっぺたは真っ赤に染まり、さやかにはなんともそれが可愛らしく見えた。しかし、そばにいる母親の髪の毛は、もう何日もクシを入れていないのか、幾重にもからまり、地肌にへばりついていた。歯が一本もないためにしゃべる言葉はペタペタとして聞き取りにくいが、母には通じているらしい。時折、上目づかいに母を見るその笑顔は妙に気恥ずかしそうだが、大口開けて笑うときなど、苦労を苦労と見せない強さがみなぎり、サンゴ色したはりのある歯茎が辛うじて若さを証明しているようだった。

しかし、さやかはいつものことだが、親子の放つ異臭には胸がつかえた。しかし、母はそんなことも気にならないのか、かいがいしく、楽しそうに世話をしている。

「奥さん、もう帰るわ。そろそろだんな様が帰ってくるべェ。たんとごちそうになって」

母親はそう言うと、子供たちをガラクタのいっぱい入ったリヤカーの中に座らせた。

「気をつけて。また、お寄りなさいな」

母の透き通るような声。

やっとクズ屋の親子が帰っていったので、さやかは台所に顔を出し、後片付けをしている母に「ねえー、母さん」と甘えた声で、今日の若葉との出会いを一気にしゃべった。

「ねえ、どう思う?」

「さあねえー。でも、きっと、さやかちゃんに会いたいって言ってくるわよ」

そう言っただけで、母は買い物に出かけてしまった。そして、その場には、たったいま脱いだばかりのレースのついた白い割烹着が母の温もりを残し、ポツンと置かれていた。

しばらくするとガチャンという自転車の音がして、父が帰ってきた。

「母さんは？」

いつも父の第一声。母の姿が見えないと、父は必ずそう尋ねた。

「買い物だよ」

さやかが答えるが早いか、父はくるりと背を向けると、再び自転車に乗って母を迎えに行ってしまう。いつもそうだった。父は母がちょっとでもいないと、いても立ってもいられないのだ。

さやかはまた一人家に残された。ごろりと横になり、天井のふしを眺めながら、ぼんやり若葉のことを思った。もしかして、一目惚れ？　恋したのかもしれない。デートに誘われたら、どうしよう？　でも、誘われないかもしれない。天井を見つめながら、さやかはあれこれと思いをめぐらした。でも、もし誘われたとして、これから先、口うるさい父の目をどうやってごまかそう。

父のことは一番大きな問題だった。三人の娘たちを家の中に閉じ込めようとする父。さやかが友だちとどこかへ行きたいと言っても、なかなか許してくれない。姉と妹はそんな父に従順だったが、さやかは反発を覚えた。そして、友だちと遊びに行けない淋しい夜は、さやかは決まって母のそばに座り、刺繍糸を針に通したり、おしゃべりしたり——それもまあ、結構楽しいことではあったのだが。

それにしても、どうして父はこうも口うるさいのだろう。畳の縁を踏むな。食事中はおしゃべりするな。箸をなめるな。派手な服は着るな。門限は五時だぞ——この門限に関しては、特に厳しかった。こんな父がいるのに、デートなんてできるのだろうか？　まだ誘われたわけでもないのに、さやかは先の先のことを考えて、憂鬱な気持ちになった。

と、外で自転車の止まる音がして、両親の話す声が聞こえてきた。父はまた今日も母を探し回り、買い物もそこそこに自転車の後ろに乗せて家につれ帰ってきたのだろう。二人で自転車に乗っている姿は近所でも評判だった。父はすごくやきもち焼きなのかもしれないと、さやかは思った。母が御用聞きの男の人と話しているだけで、機嫌が悪くなるのだ。

母は美人で、じいちゃんはよく、「娘の頃は八王子小町と呼ばれていたんだ」と言っていた。若い頃は蝋人形のように透き通った肌をしていて、鼻筋の通った美人だった、とは父の弁だ。そんな父に追いかけ回され、婚約者がいたのに父にだまされ、結婚式も挙げないままの新婚生活、それでじいちゃんに勘当された、とは母の弁。

しかも母は、結婚してからも、気難しい性格の父に愚痴ひとつこぼさず、夜遅くまで内職をし、そのうえ、一日一枚のゆかたを仕上げて床の間に置いておかないと父は機嫌が悪かったと、さやかは聞いたことがある。

「お父さんの言ったとおり、兄さんの親友とあのまま結婚していれば、私もいまでは玉の輿にのっていたのに」

しかし、母がこんなふうに言うと、さやかは決まってあわてたものだ。母が父以外の人と結婚していたら、今の自分はいないかもしれないではないか。

「イヤー、これでいいヨ。わたしはそう思うヨ。わたし、生まれて来て、ほんと感謝しているもの」

しかし、そのとき母はしょんぼりし、少し不満そうな顔つきで、

「さやかちゃん、本当にそう思う?」と聞いてきた。

「私は十二歳のときに母さんを亡くして、母さんとじっくり話したこともなかったの。それに、生まれたばかりの弟がいて、途方に暮れて、すごく寂しかったわ」

突然、母は涙ぐみ、黙り込んだ。

さやかの記憶の中では、これが母のはじめての涙だった。気丈な母はめったに涙を見せなかったが、そんな母の涙を見た時、さやかは、これまで生きてきた母の苦労や悲しさを実感した。それで、さやかも悲しい気持ちになったが、しかし、わざと明るい声で言った。

「ねえ、母さん。さやかは母さんを世界じゅうで一番尊敬しているんだヨ」

母は微笑み、「さやかちゃんがそう言ってくれるなら嬉しいわ。さあ、元気を出して、頑張

ろうかな！」

そして、台所に立っていった。

母の作る味噌汁の匂い。安心感とあったかさ。その頃、さやかはこういう生活が永遠に続くものだと思っていた。

＊

春、さやかは中学二年生になった。その始業式の日のことだ。

普通なら、二年生になってもクラス担任は一年生のときのまま、中沢先生になるはずなのだが、さやかのCクラスだけは担任が代わることが告げられたのだ。それを知らされた時、生徒たちはいっせいにライオンの雄叫びのようなものすごい不満のどよめきを発したが、それが終わると、今度は誰も何も言わない静寂がやって来た。クラスの誰もが、中沢先生のことが好きだったのだ。

そして、さやかの落胆は他の誰よりも大きかった。さやかはその日一日を暗い気持ちで過ごし、学校を終えた。もちろん帰り道、中沢先生と一緒に帰ることはなく一人で帰ってきたのだが、あとから先生がさやかの家にやって来た。さやかがあまりにしょんぼりしていたので心配になったのだという。

「なあ、さやか。学校を辞めるわけじゃないんだから、そうがっかりするな。夏になったらキャンプか海につれて行くよ。そうだ、日曜日、映画でも観に行くか?」

さやかを慰めようと、明るい声で先生は言い、それから、ちょっと間をおくと、

「実はな、さやか、も一つ話があるんだ。今度、先生、結婚するんだよ。さやかを嫁さんにするには、年が違いすぎるだろう?」

噛んで含めるように言うと、手に持ったお茶をごくりと飲み、それから紺の背広をゆっくり脱いで脇に置いた。その時、あたりにフワッと先生の匂いが漂い、そうすると、さやかの目から涙があふれて、

「先生!」

思わず先生に抱きついた。

中沢先生は一瞬びっくりしたようだったが、胸で泣きじゃくるさやかの背中を、まるで赤子をあやすようにトントン叩き、髪の毛をやさしく撫でてくれた。

でも、先生はもうお嫁さんのものになるんだ——幸せそうな先生と、その隣に並んで立つ若い女の人の姿を想像して、さやかはそっと先生から離れた。

「まあ、先生、ご結婚なさるんですか?」

そのとき、台所の戸が開いて母が顔を出し、声をかけた。

「それはおめでとうございます。お幸せに。これまで、さやかをかわいがっていただきありがとうございます。お忙しくなりますでしょうが、たまには寄ってくださいね」

先生は照れたように笑い、頭をポリポリとかいた。

あのとき、母はさやかの気持ちをわかってくれていたのだろうか。それで、頃合いを見計ったあんなとき、ひょいと顔を出したのだろうか。その夜、先生は酒をふるまわれ、両親との語らいに花が咲いたようだったが、さやかは一人、先に寝た。


その後しばらくは生活にはりを失い、さやかは胸にぽっかり穴のあいたような日々を送っていた。しかし、ある日、親友のつや子ちゃんが、手紙を預かったと言って、さやかに持ってきてくれた。

手紙？　もしかして！

胸をドキドキさせながらつや子ちゃんが持ってきてくれた手紙の差出人を見ると、思ったとおり若葉からのものだった。今度の日曜日、デートの申し込み——！

とたんに明るい気持ちになり、そうなると現金なもので、中沢先生のことはすっかりさやかの頭から消えていた。デート、デート、若葉君からデートの誘い！　晴れ渡った青空の中へさやかの心は吸いよせられるように軽くなった。

「早く帰るのよー」

母の声を背に、日曜日、さやかは大好きな赤い鼻緒の下駄をはいて、若葉との待ち合わせの場所に走った。

そして、さやかと若葉は、多摩川の桜咲く土手を手をつなぎ歩いたが、恥ずかしさで、どちらも無言。それでも幸せいっぱいの胸には若さの情熱がほとばしっていた。

「ワアー、きれいー！」

舞い散る桜吹雪に見とれながら歩いていると、「イタッ！」さやかは道端に落ちていた枯れ枝につまずいてしまった。

足元を見ると、裸足の親指に枝の先が小さく折れ、突き刺さっていた。真っ赤な血が胸の鼓動にあわせてドクドクと流れ出て、桐の下駄が真っ赤に染まる。

「大丈夫？　すごい血だゾ」

若葉はしゃがみこむと、さやかの足をちょっと持ち上げ、おもむろに親指を口に含むとギュッと吸った。足の指が感じる若葉の舌の温かさにさやかはどぎまぎし、

「も、もう大丈夫ヨ」

その声に若葉は立ち上がり、今度は突然走り出した。そして、あっという間に土手を駆けおり見えなくなった。

間もなく、消えていった先から若葉の姿が現れて、荒い息とともにさやかの元に帰ってきた。手には包帯と薬を持っている。若葉は器用な手つきで薬を塗り、包帯を巻いてくれた。

「ありがとう」

さやかは恥ずかしさとうれしさとでそれしか言えず、二人はまた歩きだしたが、親指はまだ痛かった。若葉の好意を考えると、痛いとは言えないが、歩くときどうしても足を引きずる恰好になってしまう。

それを見ていた若葉は、さやかの前にしゃがみこみ、

「さやか、背中に乗れよ」

ぶっきらぼうにそう言った。さやかがモジモジしていると、

「いいから、早くおぶされ！」怒ったように言う。

若葉の声に押されるように、さやかは目を閉じ、ピョンと背中に身をまかせた。痩せたさやかの体をしっかり受け止めて、若葉は軽々と歩いた。紺地に白の大きなチェック柄の綿のワンピースが、歩くたびに若葉の腰のあたりでふわふわ揺れる。さやかは両手を首にしっかりまきつけて、耳元でささやいた。

「さっきの包帯、どこでもらったの？」

「土手の向こうにあるお寺だ」

若葉がしゃべると、声の鼓動が、若葉の背中から、さやかの膨らみはじめた小さな胸に響き渡った。

髪の匂い、汗ばむ体、筋肉の動き。父の背中とは違う、希望と未来をいっぱいにはらんだ肉体をさやかは感じ、それはまるで大海原を行く船に乗っているような安らかさだった。

二人の仲は学校でもすぐに評判になっていった。しかし、さやかも若葉もまったくおかまいなし。今日は図書館、明日は卓球場、映画館と、いつも二人は一緒だった。

だが、さやかが五時を過ぎても家に帰らないときは、案の定、父は自転車で、街じゅうさやかを探しまわした。そんな父を若葉のほうが先に見つけて、

「アッ、さやか、おやじが来るぞ。隠れろ！」

たいていの場合、さやかたちのほうが先に見つけることができたが、若葉と一緒に歩いていてもいつもキョロキョロ、デートもけっこう疲れるものだと、さやかは内心ため息をついた。

リンゴの木の下で

その頃、姉の愛子は、両親のすすめる高校にも進学せず、母の跡を継ぐといい出して刺繍をはじめた。が、それも長続きせず、今度は自分で仕事を見つけてきて、青果市場の経理をやっていた。

毎朝、腰まである長い髪を三つ編みにして、夕方になると市場で引き取り手のない果物をもらい受け、自転車のカゴいっぱいにもってきて、さやかとひとみを喜ばせた。

姉は母に似てかなりの美人。ナオちゃんという恋人もできて、ピンクの絹のスカーフをプレゼントされたと言ってさやかに見せびらかし、首に巻いては踊っていた。踊るたびにゆらゆら揺れる長い髪とひらひら舞うスカーフがよく似合い、さやかはそんな姉をうっとり見上げたものだった。

そんなある晩のこと。玄関先で「おばんです！」という声がした。さやかが父自慢の木製の一枚板でできたぶ厚いドアをおもむろに開けると、色黒の筋骨隆々の男性が直立不動で立っていた。さやかは、一瞬イヤな予感がした。そう、その人は、姉に結婚の申し込みに来たのだった。ということは、ナオちゃんはどうなるのだろう？　さやかはハラハラと気をもんだ。

しかも、そのとき姉はまだ十七歳で、当然両親は結婚には猛反対。が、姉はそんな両親を尻目に、立身出世のためカバン一つで長野の田舎から上京してきた彼とどうしても結婚すると言い出した。

本当にこれでいいのだろうか？　さやかから見れば、かなり年配に見える〝オジン〟の男、ナオちゃんのほうがずっといいのに。しかし、男の人は大きな声で、唾を飛ばしながら、一目惚れした姉と結婚させてくれ、絶対に幸せにする、と畳に額をこすりつけんばかりに頭を下げている。

そんな様子を目の当たりにして、父は何と答えていいのかわからず、八つ当たりみたいにうわずった声で母を怒鳴る。

「お前が市場なんかに勤めさせるからだ。どうするんだ。母さん、何とか言ってみろ！」

色白の母の顔が真っ青に変わっていく。

しかし、姉は、おろおろする両親を前に、これまで見たこともないような真剣な顔をして、断固とした口調で言った。

「私、この人と結婚します！」

もしかしたら、姉のこの決断は、姉の心の奥にひそんでいた親孝行の一つの形なのかもしれない、とさやかは思った。一生懸命に働くこの人とならお金持ちになれる、自分のことで両親にこれ以上面倒かけないですむ、姉はそう考えたのではないだろうか。親孝行のためにお金が欲しい姉——。

しかし、母は、幸せはお金ではなく、愛する人と生きること、その考えに固執していた。母は自分の人生と娘の人生をダブらせていたのかもしれない。婚約者がいたのに、父と結婚した母。姉に対して、母は自分と同じ間違いをしてほしくない、そう思っていたのかもしれない。

そしてさやかは、小学校に上がる前、大病をしてこの家のお金を使い果たさせてしまった。その思いがずっとあったから、こんな姉の決断を前に動揺し、両親にも、姉にも申し訳なく思った。

しかし、「うちは金に困っていない」「父さんと母さん二人で働いているんだから」必死に言って聞かせる父。

まだ事の成り行きがよくわからない妹のひとみはただおろおろし、母は姉の結婚を嘆いて嗚咽していた。

その夜は、家じゅう、最悪のムードだった。姉はあの真面目でやさしいナオちゃんをふって、後悔しないのだろうか？　さやかは布団に入ってからもずっと考え続けていた。結婚することになって、両親がこんなに悲しむなんて。結婚て、もっと祝福されるものではないだろうか。

それなら、わたしはどんな結婚をするだろう？　姉のように親を泣かせるような結婚だけはしないようにしよう。そして、そのときさやかの頭の中にあったのは、もちろん若葉との幸せな結婚のことだった。

しかし、ついに姉は、両親の言葉に耳を貸さず、自分の意志を貫き通し、二人で果物屋を開くという夢とともに、九歳も年上の酒田さんと結婚することとなった。

＊

季節は秋、十七歳の姉はその年の十月に酒田さんの郷里、長野で結婚式を挙げた。伯父さんや叔母さんと一緒の、さやかにとっては初めての長野までの列車の旅。時折汽笛が聞こえ、白い蒸気が窓ガラスに水滴を残し、車中から見える紅葉の山々をにじませる。

しかし、姉のめでたい門出の日だというのに、さやかたち親戚一同のあいだには華やいだ雰囲気など微塵もなく、交わされる言葉も少ないまま、やがて列車は目的地に到着した。

披露宴は酒田家で行われた。留袖や紋付き袴で誰もが黒ずくめ、その中で、並べられた膳の朱色が部屋を鮮やかに演出し、中央に座らせられた新郎新婦はそれぞれ紫と赤の大きな座布団に身動きせずに緊張している。白い角隠しと真紅の口紅が、姉のぽっちゃりした頬と唇に映えて美しい。姉は重いかつらでうなだれ気味の首を必死に支え、一点をじっと見据えていた。さやかには、新たな人生への姉の決意のほどが感じられ、なんだか悲しい気持ちになった。

しかし、宴の最初に謡《うたい》がはじまると、その知らないおじさんの奇妙な唸り声に、さやかはおかしくなってクスクス、クスクス。たかさごやァー。

「お姉ちゃん、笑っちゃだめヨ」

四つも下の十歳の妹にたしなめられたが、さやかはこらえきれず、ついに大声で吹き出した。当然、その場にいた全員の視線がさやかに集まる。ツッと立ち上がった父の顔は怒りのため鬼と化し、それでもまだ笑いの止まらないさやかを外につまみ出した。

夕暮れ迫る廊下に一人になってようやく落ちついたさやかは、しかし、今度は部屋で続けられる宴の様子が気になって、思わず人指し指に唾をたっぷりつけると障子にプッツリ穴を開けた。


小さな穴の向こうは、ちょうど映画の一シーンを見ているような感じだった。穴からは母の姿が見えなかったので、さやかはもう一度指を突っ込むと、大きくぐるりと回して、片目を当てた。その時、障子の向こうの父と目が合った。父は隣の母に一言二言話しかけてから席を立ち、その途端、さやかは裸足のまま廊下を飛び下りた。裏山めがけて全力疾走し、斜面を一気にかけのぼり、たわわに実るリンゴの木の下にぐったりと座り込んだ。あたりを見回したが、父が追いかけてくる様子はない。

さやかは大きなため息をつき、と同時に、走ったためか気が抜けたせいか、我慢しきれないほどの喉の渇きを覚えた。ちょうどいい具合に頭の上にリンゴがある。一つを鷲掴みにしてひっぱると、木の枝がユサユサと波打った。一口かじり、その甘酸っぱさに、さやかは突然若葉のことを思い出した。ああ、若葉に会いたいなあ。

ぼんやりと物思いにふけりながらリンゴをかじる。口につけ、チューチュー吸うと、喉の渇きも癒されて、食べ終えたときにはあたりも薄暗く、冷え込んできた。さやかはリンゴの芯を力一杯放り投げると、白いリンゴの芯は、暮れがかる空をきり、流れ星のようにさっと目の前を流れ、カサッという音を残し消えた。リンゴの香りを残した手をなめながら、とぼとぼと山を下りた。

下りきった道の向こうの方に、さっき逃げ出してきた家が見えた。そこにはちょうど金らんどんすの花嫁が、背の丸い小柄な老婆に手を引かれしずしずと廊下を歩いているところだった。姉は夕闇のなか入り日の光を浴びてくれない色に染まり、それを見たさやかは、なぜだか急に寂しくなり、心の底から叫んだ。

お姉ちゃん、頑張ってーっ!

その声が姉に届いたのかどうか、そのとき姉は伏せていた目をちょっと上向けて、あたりをうかがうような様子を見せた。

＊

さやかは推薦入学で高校も決まり、中学三年の後半はのんびりした毎日を過ごしていた。相変わらず、若葉とのデートを楽しみ、まさに青春の真っ直中といったところ。

そんな秋のある昼下がり、久しぶりに母と二人、縁側に出て日向ぼっこをした。母お手製のおはぎが皿の上に並び、大好物のさやかはぺろりと平らげた。

「母さんのは、いつ食べてもおいしいネ。あんこが最高」

さやかが言うと、母は得意気に、

「当たり前ヨ。年季が入っているものね。名人といってよ」

いたずらっぽく笑ってみせた。

「そうそう、さやかちゃんに教えておくわ。小豆はね、弱火でゆっくりと、よくかき混ぜるのよ」

説明しながら、手を大きく回している。

「そんなことわかってる。でも、おはぎもいいけど、母さんのその服もステキだわ」

母は注文で編んでもらった、あずき色のニットのロングワンピースを着ていた。いつものように割烹着を着ているが、胸元の白いレースがあずき色に浮き立って、それがとてもセンスよく見えたのだ。

そのとき、玄関の方から「お姉ちゃーん」と妹のひとみが呼んだ。立ち上がり、玄関に行ってみると、一通の手紙を持っている。若葉からのものだった。開いてみると、「今度の日曜日、さやかの家で話がしたい」と記してある。へんにあらたまった文面に、さやかはなんだかちょっと不吉な予感がした。


約束の日曜日、チャイムの音とともに、若葉の声が聞こえてくる。

「久しぶりね、元気にしてた?」

母が迎えに出た。

「ええ、元気でしたけど、猛勉強しないと、あぶないんですヨ」

そんなことを言いながら、さやかの部屋に入って来た。

「やあ、元気かよ。オレ、猛勉強しないと、高校あぶないヨ」

聞きもしないのに、母に言ったのと同じことをまた繰り返した。若葉の夢は弁護士なのだ。中央大学の附属高校が志望校で、大学は法学部をめざし、弁護士になったら結婚しようと、さやかと若葉は固い約束を交わしていた。

母も若葉のことをかわいがり、食事をさせたり、小遣いを渡したり。実は、若葉は本当の両親の顔を知らないのだ。さやかは以前、若葉からそう聞かされた。生まれてすぐに若葉の母親は自分の妹の家の玄関先に彼を置き去りにし、そのまま姿を消してしまい、だから、若葉は、なつ子叔母さんの子供として育てられた。そのせいか、寂しがりやの若葉。さやかに甘えた態度をとることが多いのに、今日は怖い顔をしてさやかの前に座っている。

若葉はちょっと落ち着かないふうに体を動かし、それから決心したように口を切った。「さやか、別れよう」

「え？　いま、なんて言ったの？」

「オレ、おまえと別れる」

「どうして？　わけを説明して。なぜ……」

あまりにも突然の言葉に、さやかの頭のなかは空白になり、ただ涙が目からあふれ出た。そして、若葉との楽しかった日々が次から次へと思い出された。

しかし、若葉は泣きじゃくるさやかを無視するように、

「いまはオレ、勉強一筋にいかないと、高校受からないかもしれない。落ちて、親にもう迷惑かけられないんだ。おまえ、わかっているだろう？」

「あなたの勉強のじゃまはしないから。合格するまで会わなくてもいいから」

すすり泣きながら、さやかは一途に懇願した。それから、ふと、若葉の家に行っててちらと見

かけた、なつ子叔母さんの取り乱した姿が頭に浮かんだ。「おまえ、わかっているだろう?」と言った若葉の言葉が重たかった。

若葉は立ち上がると、さやかのそばに来て、それから、茫然自失のさやかの肩をグイと引き寄せた。はじめてのキス。さやかは驚きながらも、この瞬間を待っていたような気もした。二人は不器用に唇を重ね、互いの歯がカチカチ触れ合い、涙が口に流れてしょっぱい味がした。でも、若葉は別れようと言っている。さやかはとっさに彼をはねのけると、立ち上がって背中を向けた。

若葉も立ち上がり、「かならず迎えに来るから。それまで待っていろよな」。

さやかの必死の懇願も虚しく、彼はそう言うと部屋から出ていってしまった。

一人取り残されたさやかは、まだ若葉の匂いの残る場所に座り込んだ。相手を縛りつけるのはよそう。嫌われたわけではないのだし、迎えに来ると言ってくれたのだもの。そうは思っても、やはりさやかの悲しみに変わりはなかった。どんなに愛を誓い合っても、季節が移り変わっていくように、心だって同じところで足踏みしたりはしない。この世も人間の心もすべては無常——。

それから何週間ものあいだ、さやかの心は暗闇のなかで堂々めぐりを続けていた。

「まあ、たくさんの手紙だわ」

ある日、部屋に入ってきた母はそんな驚きの声を上げた。部屋にこもってさやかは、若葉からの手紙を繰り返し読んでいたのだ。そして、手紙はどれも涙で文字がにじんだものばかりだった。

見兼ねた母は、さやかの前にきちんと正座をして、

「さやかちゃん、いつまでも同じところに立ち止まっていると、これからやって来る楽しいことや幸せも、それと気づかずに通り過ぎて行ってしまうよ。立ち止まらないで、前を見て歩きなさい。どんなに大切なものだって、いつかは手の中から飛び立って行くし、逆にその手でつかむことだって出来るのよ。彼と別れてよかったと思える生き方をすればいいんじゃない？」

さやかにとって母の言葉の一つ一つが心に沁み込んでいった。そして、まるで曇っていた目から薄い膜がはがれたように、パッと目の前が明るくなった。

気がつけば、母とさやかはせっせと菓子箱に若葉の手紙を詰め込んで、それは押し入れの天袋の、一番奥深くにしまわれた。

二人の先生

昭和三十三年春、さやかは大好きだった中沢先生に別れを告げ、新しい制服に身を包み、高校生になった。

そして、ナベちゃん、ノンちゃん、デコ、さやか、毎朝、立川駅から高円寺駅まで、この四人組一緒の電車通学が始まった。満員電車の中はサラリーマンや学生でごった返し、春だというのに早くも汗の臭いが充満してたまらなかったが、当のさやかも吹き出る汗を拭うことさえできないほど。右へ左へカーブのたびに鮨づめ状態の他人の体に身をゆだねてユラユラ揺れるにまかせている。しかし、人の出入りで、手にした鞄はとんでもないところに追いやられ、高円寺に着いたときには「降りまーす。降ろしてください」大声で叫び、グイグイ鞄をひっぱらなければならなかった。やっとの思いで学校に着くころには、もうヨレヨレで、勉強などする気になれず、ただ月に一度、講堂で上映される名画鑑賞会だけを楽しみにさやかは学校に通い続けたような気がする。

クラブは卓球部に入った。中学生の頃、若葉に卓球を教えてもらったこともあり、さやかはまああの腕前だったが、四人組の一人、ナベちゃんはもっと上手だった。もちろん、ナベちゃんも卓球部に入ったが、さやかにはとても太刀打ちできない球を打つ彼女でさえ、レギュラーにはなれないのだ。くる日もくる日も球拾い。ようやく教えてもらえても、容赦のない先輩の怒鳴り声が飛んでくる。

「さやか、なんだ、そのへっぴり腰は。脇をしめるんだ、脇を！」

頭の中は大パニック。若葉と楽しく白球を追いかけていた日々が懐かしかった。


クラス担任は、ヒゲの濃い体育担当の宮本という先生だった。見たところ、月の輪熊にそっくりなので、さやかははやくも月熊とあだ名をつけた。あだ名をつけるのが得意なのだ。そして、各科目の中でも一番人気は人文地理の石水先生だった。その年教育大学を卒業したばかりの若い先生。あだ名はコッペパン、もちろん、さやかがつけたものだ。

そんな石水先生が、二学期に入った頃、人文地理の課外授業として、城ヶ島への実地見学を計画した。もちろん、生徒たちは大喜び。先生はさやかを呼びつけ、

「弁当、頼んだぞ」と言い残して教室を出ていった。

そして、いよいよ課外授業の日。十月下旬のその日の天気は気まぐれで、晴れたり曇ったり、時には小雨がぱらついたりと、さやかは少々気をもんだが、それでもみんな、小学校の遠足の

ようにはしゃいでいて、特に女子のうるさいことといったら。

昼食の時間になったので、さやかは頼まれていたお弁当を先生の前に広げた。すると、女子全員いっせいにお弁当を先生の前に差し出すではないか。石水先生は女子生徒に大モテなのだ。みんな顔を見合わせて、大爆笑。

そんな賑やかな雰囲気の中、先生が、午後から回る予定の城ヶ島の地理について説明をはじめても、誰も話に耳を貸さないのはあたり前で、たまりかねた先生の、「試験に出すぞ」の一言でようやく静かになる始末だった。

そして、実地見学も無事終わり、生徒たちは東京駅で自由解散となった。中央線で帰るさやかは二、三の友人と、それから石水先生と帰る方向が一緒だった。が、三鷹駅を過ぎると、さやかと先生の二人だけになった。

「先生、疲れた！」

さやかが隣に立っている先生に甘えたように言うと、吊り革を握るさやかの手を見つめながら先生が、

「さやかの爪はきれいなピンク色をしていて、桜貝のようだね」とぽつりと言う。

やだ、気障《きざ》なコッペパン先生！　さやかは瞬間思ったが、何気なく自分の爪を見てみると、本当に桜貝のようなピンク色をしている。自分の爪などじっくり見たこともなかったので、他

人は実にいろいろなところを観察しているものなんだ、とさやかはへんなところに感心した。

「先生、次、降りるんでしょう?」

「次、小金井?」

「そう」

「さやか、今日は弁当、サンキュー、今度お礼にごはん一緒に食べような」

石水先生は小金井の駅で降りて行った。

さやかは先生の言葉にちょっとびっくりしたが、若葉とは別れてしまったことだし、食事くらいいいかな、と一人電車の中で考えた。

若葉と石水先生——さやかはいま、当時のことを思い返し、またそれ以後の人生を考えて、しみじみと、人生、別れと出会いの繰り返し——そう思うのだ。

*

さやかと石水先生は、一度食事をともにした後、急速に親しくなっていった。試験前になると、「よく勉強しろ」と言って先生はさやかの教科書に、大切な部分を赤ペンで印をつけてくれたりして、当然、人文地理はクラスで一番。三人兄弟、男ばかりという先生は、妹が欲しかったと言い、さやかのことを〝リリー〟と呼んで、大切にしてくれた。

先生はいろいろなところにさやかを連れていってくれた。先生と生徒のデート。そのときさやかは十六歳、石水先生は二十三歳。そして、先生のなかには、徐々にさやかとの結婚へ傾く気持ちと、以前から予定していたアメリカ留学のことを伝えなければならない気持ちとがせめぎあっていたのだが、もちろんさやかはそんなことを知る由もなかった。

その年の暮れも押しせまった十二月の終わり。小雪の散らつく日だったが、石水先生と横浜中華街で食事の予定になっていた。さやかは極細の毛糸で編んだ白のストールを頭からかぶって首に巻き付け、黒のコートをはおり、赤い花柄の傘をさした。

中華街に降る雪は妙にロマンチックに見えた。レストランのテーブルにつくと、先生は料理を注文し、

「ぼくは紹興酒でも飲もうかな」

この日、さやかと一緒にいて初めてアルコールを口にした。

料理はどれもおいしくて、さやかは存分に食べた。

「もうお腹いっぱい」

上機嫌に言うさやかに、先生はこの時とばかり、

「あのなあー」と言って話を切り出した。

「来年の四月から、二年間、アメリカ留学が決まってるんだ」

「え?」

一瞬絶句し、それからさやかは、

「いつ決めたの? 二年間も? どうしてアメリカなの?」

矢継ぎ早に質問した。

しかし、行ってほしくないと思う心の一方で、謙虚に受け止めなければと自分を押しとどめる気持ちもあった。が、そう思った瞬間、大粒の涙があふれ出て、涙は食べ終わった皿の上にポタポタ落ち、ギラギラの油の中に透明な円を作った。涙を拭うため、母の作った花柄のハンカチを目に当てると、刺繍の花が涙を含んで生花のように瑞々しく鮮やかな色に変わった。

さやかはうつむき、皿の中の油と涙をじっと見つめたが、混じり合わない二つはまるで、離れ離れになる自分と石水先生をあらわしているようで悲しかった。

「二年したら帰ってくる。帰ったら四国の愛媛大学に就職が決まっているんだ。だから、さやかも短大の英文科に行って、ぼくを待っていてほしい」

先生は一方的にしゃべり、最後に、

「アメリカから戻ったら、結婚しよう」と言った。

「ちゃんとご両親にも会って了解をもらうから。リリー、約束してくれよ。待っていると」

瞬間、さやかは返事を迷った。しばらく沈黙し、それからようやく「わかった、約束する」とだけ答えたが、あまりに突然のことなので、困惑の色は隠せなかった。

店を出ると、外はしんしんと雪が降りしきり、外燈にうき上がる雪は灰色に見え、小さな虫が風に乱舞し、見ているとめまいがして倒れそうだ。赤い一つの傘からはみ出す二人の肩に白く積もった。さやかと石水先生の四つの足跡は、積もった雪の上に点々と続いていき、やがてそれはホテルの方に伸び、行きつ戻りつしながら、しかし、降りしきる雪がその足跡をすぐに消していった。

その夜、さやかが家に帰ると、雪で足音は聞こえないはずなのに、刺繡仕事をしていた母はさやかを玄関まで迎えてくれた。なぜわたしが帰ってきたのがわかったのだろう？　帰りの遅いさやかの足音に耳をそばだてていたのだろうか。母は何か感ずるところがあって、それでやさしく迎え入れてくれたのか。しかし、さやかは、

「石水先生ね、四月にアメリカに行くんだって」

なにくわぬ顔でそれだけ言うと、母のそばを通りぬけた。

風呂場に行き、服を脱ぎ、凍りついた足先を薄氷を踏むように静かにそっと湯船に落とした。全身を沈めたお湯の中で、さやかはふと、生まれる前、母の胎内でもきっといまのように温か

い羊水の中に浮かんでいたのだろう、そう思って、からだを小さく丸めてみた。

命はおそらく結果などではなく、その過程なのかもしれない。一生懸命日々を生きれば、結果はどうであれ納得するんだ。石水先生のことを思いながら、さやかはそんなふうに考えた。

それから、こっそり持って入ったみかんを食べた。普段、こんなことをすると叱られるのだが、さやかはかまわず、五個も食べた。食べながら皮を湯船の中へ浮かべると、温められて柑橘系の香りが一層増し、風呂場にその匂いが充満して、疲れたさやかの身も心もいくらかは癒されたような気がした。


そして、年が明け、いよいよ石水先生がアメリカへと旅立つ四月。さやかは高校二年生になっていた。

見送りのため、羽田空港まで行った。ロビーは見送りや出迎えの人々で賑やかに華やいでいた。そんななか、さやかは「帰るまで待つ」という固い約束の指切りを石水先生と交わした。

やがて搭乗案内のアナウンスがあり、人々がゲートに向かい始める。石水先生もそれに続いて歩いていく。寂しさが胸いっぱいに込み上げてきて、それでも泣き顔を見せぬよう、さやかは柱の陰に身をひそめて見送ることにした。

すると、どうしたことだろう。ゲートに向かって歩いていた石水先生が、くるりと向きを変えると、こちらに向かって走りだしたのだ。ハアハアいう荒い息づかいが近づいてきて、大きなボストンバックをドスンと床に置くと、両手を広げてさやかの前に立った。さやかは思い切り、先生の首めがけてジャンプした。背の高い先生はさやかを両腕で軽々抱き上げ、一回転し、そうすると腰近くまである長い髪が輪を描くように宙に舞った。

「手紙書くから、返事よこせナ！」

ただ、うんうんと首をたてに振るさやか。先生は再び搭乗ゲートの列に戻ると、ついにアメリカへと飛び立っていった。

一週間後、落ち着き先を知らせるエアメールが届いた。返事を書くと、すぐにまた手紙が届く。別れの悲しみも多少やわらぎ、さやかは家に帰るのが楽しみになっていた。

＊

そんなある日のこと、学校の帰りにバスを降りて家までの道を歩いていると、さやかはあのクズ屋のおばさんに出くわした。目が合うなり、ニヤーッと笑い、歯茎がいつものサンゴ色で、元気そうに見えた。三人の子供たちも母親がハサミを入れたのだろうか、それぞれ柿のヘタのような髪をして、人なつこそうな目でさやかを見ている。さやかは周囲を少し気にして、声はかけずにっこり微笑んだだけで、家まで走った。

「母さん、クズ屋のおばさん寄ったの？　さっきバス停の近くで会ったよ」

　さやかが言うなり、母は急いで台所のほうへ行くと、何か包みをエプロンの下に隠して、家を飛び出していった。

　走っていく母の下駄の音がだんだん遠のいていく。さやかはその下駄の響きを聞きながら、母の愛情の深さを思った。こんな真似はわたしにはできそうにない。さっき家の近くであの親子に会った時、はずかしさのあまり周囲を気にした自分を反省した。今度みかけたら言葉をかけてあげよう、母さんのようにもっと思いやりのある人になろう。

　テーブルの上には母得意のおはぎが二つ、さやかのために残してあった。さやかはここにもまた母の愛を見つけた思いで、さっそくその一つを平らげた。

　しかし、その母にも言えない悪夢のような出来事が、それからしばらくして自分の身に降りかかることになろうとは、その時さやかは夢想だにしなかった。

＊

　さやかは高校二年生、そして今年もまた、恒例の春の運動会が近づく季節になっていた。そんななか、担任の宮本先生・月熊から、クラス別に出品する花玉にもっと工夫できないものかと、さやかたち四人組に相談が持ちかけられた。ナベちゃんも、ノンちゃんも、デコも、そしてさやかも先生の頼みを快く快諾し、次の日曜日、先生の家で、もちろん昼食付きという条件をつけて、話し合いをもつことになった。

午前十一時。ノンちゃんの「こんにちは！」という元気のいい声で先生の家を訪ねると、「オー、よく来たな」あだ名の通りのヒゲ面の月熊が出迎えてくれた。格子戸のついた玄関は和風で、結構きれいに暮らしているようだった。

さっそく四人組と先生は、花玉について、ああでもないこうでもないとさまざまな意見を言い合い、アイディアだけはたくさん出たが、話がまとまらないうちに、約束のお昼の時間になった。先生が出してくれたのは、おいしそうな重。四人はそれをペロリと食べ終え、「先生、デザート」とデコが注文して大笑いとなった。

話し合いは、結局白とピンクのどこにでもある花玉はやめて、ひまわりの花玉にしてはどうかということになり、「あとはまた検討しよう」で、お開きになった。

さやかたちが帰り支度を始めると、先生が、

「おまえら三人は近くだから帰れるな。さやかは遠いから車で送ってやるよ。ちょうど立川に行く用事もあるんだ」と言いだした。

「わたし、みんなと帰れます」

さやかが言うと、三人は、

「いいじゃん、送ってもらいな。また明日ね」

と言って、さっさと帰ってしまった。

一人残されたさやかは心細かったが、やっぱり車のほうが楽かなという気持ちもあった。

「ジュースでも飲むか？」

台所のほうから先生が声をかけ、お盆にオレンジジュースの入ったグラスを持ってきた。そして、それをテーブルに置いたかと思うと、突然月熊がさやかの上におおいかぶさってきた。一瞬の出来事で、さやかは何が何だかわからないまま、月熊を払いのけるように、思い切りテーブルを蹴とばした。

落ちたジュースがさやかの足をベトベトに濡らした。オレンジの香りがパアッと部屋に広がって、それが頭の上を通り過ぎたと思った時、大きな月熊の顔が間近にあった。月熊は倒れたさやかを上から羽交い締めにして、いかにも体育の先生らしい筋肉の盛り上がった太い腕をスカートの中に入れてきた。さやかは下着をはぎ取られ、月熊はそれを天井高く放り投げた。白いレースのパンティーがひらひらと宙に舞う。

さやかは気が動転し、頭の中は真っ白。ただ、月熊の荒々しい熱い息が、否応なしにさやかの鼻の中に入り込み、それは心臓を突き抜け、心をズタズタにしながら、全身をかけ抜けていった。

なぜ？　どうして？　誰もが侵さなかった秘密の扉を無理やりこじ開け、土足で踏み荒らす。激痛が頭の先を突き抜け、手足が痺れ、全身に戦慄が走った。歯を食いしばって必死にこらえていると、不意にさやかの頭の中に、不謹慎にも、釘を打たれ磔《はりつけ》にされたキリストの苦痛のことが思い浮かんだ。幼い頃、妹と通った教会で神父様が言った言葉。信じる者は救われる——キリストの教えがいまもなお心に残っていた。

足にかかったジュースの冷たさがすきま風に当たって冷え冷えとし、それが少しずつ上のほうにのぼってきて、心までもが冷えきった。月熊の髭がさやかの頬をこすり、絶叫しようとすると、大きな口がさやかの小さな口をぱっくりふさぐ。いつ果てるともない恐怖の時間は、永遠のように感じられた。

やがて、月熊がさやかから静かに離れた。そして、立ち上がると、台所へ行きお湯を沸かしはじめた。

「アチチチッ」湯気のあがる黄色いタオルを月熊はさやかに差し出しながら、

「おまえ、初めてだったのか？　てっきり石水先生と、そういう関係だとばかり思っていたんだがなあ。悪かったなー。これからは何でも相談にのるから、許せ、なっ」

そのときさやかは、ふと、自分は浅慮な人間なのだろうか、と自分を責める気持ちになった。

月熊はそれで、ほんの軽い気持ちでわたしにこんなことをしたのだろうかと。

だが――、「許さないと言ったら、どうするのよ!」

思い切り叫んだ。

泣きながら身を整えるさやかの内股からは、あかね色した糸がくるぶしあたりまで流れ伝い、その光景がまた物悲しくて、さやかの目に刻印のように焼きついた。あのとき、なぜわたしは母に助けを求めなかったのか……。

月熊に送ってもらう車の中でもさやかは無言だったが、胸の内には、さきほどの悪夢のような残像がよみがえり、それを引き裂き、破り捨てたい衝動に、何度も胸が掻きむしられた。ガラス越しに見える街のネオンがチカチカと帯のように幾重にも続き、月が渺々《びょうびょう》と光を放っていた。さやかは、今日のことはけっして、誰にも言うまいと心に決めた。

母に悟られないよう、この日家に帰ると、さやかは花作りの一日をペラペラと陽気にしゃべりまくった。そして、水を飲むふりをして台所に立つと、戸棚から荒塩を一掴みつかんで風呂場に急いだ。体じゅうに塩をまぶしてこすり続け、それから冷水をかぶる。湯船に入っても、刺さった月熊の刺はいつまでも痛み、汚れたレースのショーツは母に気づかれぬよう手の中にギュッと握りしめ、湯の中に隠しておいた。

そのとき母が顔を出し、「さやかちゃん、最後だから流しておいてね」

やっぱりショーツを手に握っていてよかった。恐る恐る湯の中で手を広げてみると、赤黒い糸と泡と一緒に浮かんできて、それはあふれる湯に流され、排水口のほうに落ちていった。

アメリカにいる石水先生がたまらなく恋しかった。さやかは身を沈めるお湯より熱い涙を流しながら、泣き声が母にもれぬよう、全身を湯の中に潜らせた。


そして、次の日からさやかの変貌が始まった。まず、学校の帰り家の近くにある母が行きつけの美容院で、パーマをかけてしまった。長い髪はカールがかかり、心ウキウキ。学校で禁止されている事など怖くもなかった。それを三つ編みにしてゴムで留めた先をぼんぼりのようにした。スカート丈は規則より十センチ長くし、月に一度の点検のときは、仲間がやっているように、安全ピンで肩のつりを調節すれば良い。もう月熊なんかちっとも怖くない。

点検の日、月熊のドスのきいた声が長い廊下に響き渡る。

「早く廊下に並べ、モタモタするな！」

すでに目盛りの数字も薄くなっているほど年季の入った長い竹の物差しを、月熊は自分の腿にピシピシと打ちつけながら、次々にスカート丈を測っていく。

「二センチ長いぞ。直せ！」

「次、よし！」

恒例の儀式は進む。しかし、さやかの前で月態はスカート丈が多少長くても見て見ぬふりをし、寛容に通り過ぎた。そして、四人組の友だちもその理由をさやかに問いただすことはなかった。

＊

いつも一緒の四人組。高校時代、さやかの大の親友だった。その頃、ノンちゃんはロック歌手の平尾昌晃に夢中で〝ベラミ〟に通ってばかりいた。デコがダンスを習うと言い出せば、四人で三鷹の駅前にあるダンス教室に行き、三ヵ月でタンゴ以外はすべてマスター。それからは夜な夜な吉祥寺のダンスホールに繰り出しては流行のツイストに興じ、ハイヒールをすぐだめにした。さすがの母も「靴ばかり買って……」とため息をよくついたものだった。

そんな時さやかは言う。

「母さん、ため息なんかつかないで。そうだ、ね、ハンカチの布で白いワンピースを作ってヨ。襟とか袖口とか、なんでもいいからいっぱい刺繍をして」

さやかがせがむと母は「そうねえ」と言っていたが、結局父の一言でだめになった。

「白いワンピースだと？　シュミーズじゃあるまいし、下着を着て歩く気か！」

さやかはいいアイディアだと思ったのだが、父にはそういうファッションなどまったく通じないのだ。

しかし、さやかは自分のセンスに自信を持っていた。おしゃれにもだんだん熱が入り、あるときなどは、制服の紺のジャンパースカートの胸元から赤いハンカチをのぞかせたりして、精一杯のおしゃれを楽しんだ。


ピリピリピリ――ッ。発車のベルの音にさやかは階段をかけあがった。乗り込もうとしたところで、無情にも目の前でドアが閉まった。あーあ。せっかく走ったのに。そう思ったとき、「さやか！」誰かが大きな声で呼んだ。

声のした方を見ると、なんとそこにはあの若葉が立っているではないか。ズボンの折り目正しく、五分刈りの頭にリキッドをつけ、つややかに髪を光らせている。

「おう、久しぶり、元気かヨ」

「あなたこそ、元気そうネ」

「電話もくれないし、冷てえなあ」

何もなかったようにふるまう若葉に、さやかはちょっとムッとして、

「なにさ、迎えに来るなんて調子のいいこと言ってサ。わたしたち別れたのヨ」

あのとき、若葉が突然別れを言い出した日のことを思い出し、さやかは、どんなに熱い心も時が解決してくれたように冷静な気持ちになっている自分を知った。でも、永遠に同じでいることなんてありえるだろうか？　時を経てなお思いが募るということだってあるだろうし。あれこれ思いはぐるぐる回り、

「今度ゆっくり会おうぜ。オレも希望校に入れた事だし」

という若葉の声に我に返った。立川まで電車が一緒だったが、お互い、それ以上の約束はしないまま別れた。一人になったさやかはバスを待ちながら、若葉と一緒だった中学時代から今日までのことをぼんやりと考えていた。駅舎の向こうでは、真っ赤な夕日が幾重にも雲をたなびかせ、釣瓶《つるべ》落としのように稜線の向こうに沈んでいくところだった。

そして次の日の朝、立川駅の改札口に若葉が立っていた。少し迷ったあとで、若葉は思い切ったように「また、昔のように付き合ってほしい」と照れくさそうに哀願するまなざしを向け、青年の耀をはなしていたが、さやかは曖昧に返事をしただけだった。

青い花嫁衣装

高校卒業の年になった。さやかの心に月熊の傷は残ったままだったが、でも、前を向いて生きていこう、さやかはそう自分に誓った。そして、石水先生との結婚の夢はもう捨てようと。あの雪の舞う横浜で、「行きつ戻りつしたホテルに入ったものの、「結婚までは指一本触れない。リリーは百合の花だから」と気障なセリフを吐いた先生。

近頃の石水先生からのエアメールには、進学はどうなったか、若い時には勉強に精進することなど、耳の痛いことばかりが書いてあった。しかしさやかは、短大の英文科に行くという先生との約束は守らず、社会人になった。

就職先は、当然のことのように月熊が世話をしてくれた。さやかは中堅どころの機械メーカーに事務職で入ったが、月熊は世話をしただけでなく、ときどき駅でさやかを待っていることがあった。それがものすごく嫌だったのだが、それだけでなく、就職先の会社でも、さやかは男性に悩まされることになった。

入社したばかりでよく知りもしないのに、田崎という社員から突然プロポーズされたのだ。呆気にとられているさやかをよそに、上司の課長まで口を出してくる始末。

昼、さやかは課長に喫茶店に呼び出された。

「さやか、田崎のプロポーズを断ったそうだが、いい奴だぞ。仕事も人柄も真面目だし、実家も米どころの新潟で、蔵がいくつもある豪農の長男だ。私が保証するから、考えてやれ」

課長はテーブルに肘をつき、話しながらコーヒーカップをゆらゆらさせ、キリマンジャロのいい香りが漂うなか、しかし、さやかは課長の話を上の空で聞き流していた。

「なあ、馬には乗ってみよ、人には添うてみよという諺があるだろう」

それから一段と身を乗り出して、煙草の煙をフーッと天井目がけて吹き上げてから、

「よく考えてやれ」そう言って席を立った。

そのとき、さやかはきっぱりと会社を辞める決心をした。次の日、母に内緒で辞表届を出し、それから、一週間後には、早くも途中入社の募集を見つけて、運よく入社することができた。月熊の世話で入った会社をさっさと辞めてしまったが、幸い彼がその後さやかに近づくことはなかった。

＊

さやかは十八歳になった。光り輝く娘盛り。しかし、今度の新しい会社でも、またまた悩みが発生した。もう男性はこりごりなのに……。

父親がある有名作家だという同期の男性社員。実際、週刊誌にもその作家は載っていて、かなりの売れっ子らしい。そのためかどうか、息子は小さい頃からわがまま放題に育てられたらしく、自分の思いは何でも通るものと思っている。さやかが誘いを断ると、自殺するなどと言って脅かす。しかし、さやかの容赦ないノーの返事に、さすがにおとなしくなった。

と思ったが、ある日、ツカツカとさやかの椅子の後ろに立つと、ワイシャツのボタンを外すので、

「何するの？」振り向くと、「これだよ」と言って、お腹に巻かれたさらしを見せた。

まわりの同僚たちは、小声で「いやな奴だよ、まったく」と口々に言っているが、当人はいたって平気。

「ぼく、腹を切ったんだ！」

ひとこと言って、自分の机に戻って行った。

血の気が引いて、さやかはそれからすっかり会社に行く気を失った。

しかし、その頃、たまたま降りる駅が同じということで、五歳年上の山田という先輩と親しくなった。やがて、付き合いはじめ、それがいつしか結婚を前提としたものになっていった。

養子に入ってもいい、ということで彼はまずさやかの父に気に入られたのだ。

昭和三十七年、十九歳になったさやかは希望退職し、花嫁修業をすることになった。料理とお花、週に二、三度の通いだが、一ヶ月もしないうちに時間を持て余すようになった。結婚の話もなかなか進まない。その頃、山田はちょくちょくさやかの家にやって来たが、さやかは彼の家に行ったことはなかった。のんびり屋の山田は、彼の両親にもまださやかを引き合わせてはいなかったのだ。

結婚話も具体的にならないのに、花嫁修業ばかりしていても仕方がない。さやかは結局再々就職することにした。またもや途中入社だが、大手の自動車会社に入ることができた。

そして、新しい会社で、さやかはなぜかもてにもてて？　それこそ蝶よ花よの扱いを受けることになった。勤務も都心の本社から立川営業所に移してもらい、ひどく居心地がいい。今度の会社の人たちは、夜仕事が終わると酒は飲む、マージャンはするで、さやかにはこれまで接した男性とはまるで違う人種に見えた。

ある日、部長がちょっと話があると、勤務後さやかを立川の駅前の小さなバーに誘った。その店のママは、グレーの上品なスーツとスカーフがよく似合い岸恵子のよう、さやかはうっとりしてしまった。薄暗い店内は、センスのいい調度品が置かれ気分が和らいだ。こんなお店を持てたらステキだろうな、さやかはちらっとそんなことを考えた。

ママは部長とさやかを奥の落ち着いた席に案内し、二人だけになるとさっそく部長は話を切り出した。

「いいか、結婚相手はよく選べ」

それから部長はウイスキーを一口飲むと、グラスをおもむろにおいた。「今いる独身の男、A、B、C、D」といかにも仕事ができる人らしく理路整然と話し始めた。

「四人とも誰が見ても甲乙つけがたい。Aは旧家で一流大学卒、Bは大きな商家、日大出だ。Cは和歌山で山林王。Dは早大出身で、柔道部のキャプテン、人望が厚い。どの男も長男だ。いいか、この中から選べ」

突然の話に、さやかはいま結婚を前提に付き合っている人がいることを言いそびれてしまった。飲めないカクテルのピンクレディーが薄明かりに揺れ、差し向かいの部長の顔が少し歪んで向こうに見える。

「あのー」

さやかが言いかけると、

「いいんだ。一方的なオレの話だ。参考になれば嬉しいよ」

部長はウイスキーの中に四つ切りにしたレモンをキュッと搾って入れ、そうすると、霧が吹いたようにトパーズ色の汁と香りが飛び散って、さやかはその光景にしばし見惚れた。

山田のことはもちろん頭にあったが、煮えきらない彼はひとまずおいておこう。ちょっと位のつまみぐいなら……、まあ結婚する前だから許せ。そんな軽はずみな行動が、人生を大きく変える事になろうとは――。夢にも思わなかった。ちょっとの浮気心の流れに流され、気がついたらアレヨ、アレヨと結納まで交わしていた。山田さん、許して!!

父は「いったい、どういう事だ」怒りに怒り、荒れに荒れた。手当たり次第に物をぶつけ、それでもおさまらぬ父は、大きなイスを頭めがけてぶん投げ、さやかの頭上に当たる。いまだに頭のでっぱりは、治らない。

相手は自動車のセールスマン。「落とし所の言葉などなく、気がつくと車を買っていました」とは、彼のお客の一人が言った言葉だが、さやかもまさにそれだった。

近藤孝雄。部長の言った、Aの男性だ。風采は、まあ、並み。学識はあり、秀才。会社の成績はいつもトップクラスで、グラフはいつも折り返していた。

しかし、実家は日野市にある農家で、彼は長男。旧家ということもあり、嫁の苦労が見えていたのか、両親はじめ親戚一同が大反対だった。姉同様、親を泣かせてしまった、とさやかは内心思ったが、それよりも、山田が泣いたのには辟易した。

「話を進めないあなたが悪い」と逆に怒った。

入社してまだ十ヵ月。近藤のことのもよく知らなかったが、それがいいとか悪いとか、さやかは縁というものはそれ以前のもののような気がしていた。これからどんな人生が待ち受けているのかわからないが、大好きな映画『風と共に去りぬ』のスカーレット・オハラのように力強く生きていこう。結婚を前にして、さやかは心にそう誓った。

*

昭和三十八年四月十日、二十歳の川島さやかは、二十六歳の近藤孝雄と結婚し、近藤さやかとなった。

姉と同じ白い角隠し、青い花嫁衣装で迎えの車に乗ったときには、見に出てきた近所の人たちから「ワァッ」という歓声があがった。

「行ってきまーす」

そう言って家を出たさやかに、両親はびっくり。

「あの挨拶じゃあ、ただいまーと言って帰ってくるぞ」

父は、帰って来ても絶対に家には入れぬと怒ったそうだ。

しかし、式が始まると家族じゅうで泣き通し。その様子が今でも八ミリのフィルムに残されている。両親と姉が用意してくれた花嫁道具は大型トラック三台分もあり、花嫁衣装だけでなく、そのことでも近所の人たちをあっと言わせた。

結婚式は旧家ということもありかなり盛大なものだった。しかし、その夜からすぐ見知らぬ家に寝泊まりする心持ちは落ち着かず、さやかはたった一日で神経がすり減った。しかも宴会は二晩つづき、

「嫁さんも疲れるべェから、風呂に入らにゃー」

の近所のおばさんの一言で、ようやく一時の解放を許された。

しかし、風呂場に行き、そこでもまたびっくり仰天。五右衛門風呂ではないか。話には聞いたことはあるが、入るのはもちろん初めてだった。こんな風呂にこれから毎日入るのかと思うと、さやかは泣きたいような気持ちになった。

大釜の中には丸い簀の子が、さあお乗りなさい、とばかりに浮いている。体重の軽いさやかでは片足を乗せただけではとうてい簀の子は沈まない。一気に簀の子の上に飛び乗ったのはよかったが、バランスを崩して、釜の底に落ちた。ものすごい熱さだった。しかし、足の熱さより、カアーッと来た頭のほうが熱かった。嫁などに来なければよかった！

「嫁さん、風呂のあんべえ、どうかね」

外ではパチパチ薪の燃える音がして、こんなふうに出るまでつきっきりにいられると落ち着かないので、

「もう大丈夫です。みなさんのいるところに戻ってください」と言ったが、おばさんは、「そうはいかんべェ」

なるほど、ぬるくなったからといって、自分で薪をくべるわけにはいかないのだ。結局、さやかは出るまでおばさんに見張られる恰好になった。

もうひとつ、嫁に来たその日に感じた大きな違いは、名前を呼び捨てにされることだった。母はいつも子供たちを「ちゃん」づけで呼んでいたが、ここではみんなが「さやか」と呼び捨てにする。なんだか叱られているような感じがして、それがさやかにはなじめなかった。

そして、これは後で知ったのだが、さやかの前の代までは、みな血縁同士の結婚で、さやかは近藤家にとって、まったくの赤の他人の最初の嫁だった。また、先々代の頃までは、豊田の駅から六、七分の近藤の家まで、他人の土地を踏むことなく来られたが、酒好きだった家長たちが酒代を土地で払っているうちに少しずつ土地を失っていったということだ。しかし、大地主として、農地の区画整理などに尽力し、村人たちからの信頼も厚く、家の近くには先々代や先代の業績を讃《たた》える大きな石碑が建っていた。

結婚式をすませた翌日の十一日、アメリカから帰った石水先生がさやかの家を訪れた。この事を両親は、長い間さやかに秘密にしつづけていた。

＊

たくさんの蔵や古い建物が並ぶ五百坪の敷地と広大な田畑を所有する旧家の一日は、朝六時、姑がパタパタとはたきをかけることによって始まる。そして、一日が始まれば、ひっきりなしに人が出入りし、女の仕事にきりはない。

新婚旅行から帰った次の日、さやかは姑から、

「これからは家事一切はさやかに任せます」と言い渡された。

どうしよう！　家では家事などあまりしたことはなかったし、まさか新婚早々、姑からこんなふうに言われるとは思ってもみなかった。どうりで両親が反対したわけだ。呑気なさやかはそんなときになって初めて、両親の猛反対を思い返した。

当然、日々苦労の連続だった。家事だけをして畑に出ることのないさやかは、近所の農家の嫁たちから羨ましがられたり、白い目で見られたりして肩身の狭い思いをしたが、なんといっても大地主、その所帯を切り盛りするだけで精一杯だった。しかも、その年の夏、夫の弟良雄が実家近くに修理工場を出し、住み込みの従業員二人を二階の部屋に住まわせることになった。もちろん二人の面倒もさやかの仕事。洗濯から三度三度の食事まで、「姉さん、悪いけど頼む」義弟のその一言でそういう羽目になったのだが、さやかと同年の良雄は「姉さん、姉さん」と

言ってさやかに親しみ、むしろ夫よりさやかの身を案じてくれる。さやかもそのお返しに、義弟のために二人の世話を懸命にした。

しかし、やはり無理がたたったのか、しばらくするととうとうダウンした。一週間、三十九度もの熱が続き、医師に診てもらうと腎炎との診断。もうちょっと放っておけば、厄介なことになるところだったと言われた。そこで、夏のあいだだけは庭の草むしりを休ませてもらったが、全快すれば、また以前と同じ忙しい家事がさやかを待っていた。

長い廊下がぐるりとつづき、風が吹くと隙間から埃がたくさん入ってくる。古い家なので、隙間はそこいらじゅうにある。神経質なさやかは廊下を歩くたびに足の裏がざらつくのが気になって、始終ぞうきんがけをしなければならなかった。しまいには、濡れぞうきんを足の下に敷き、それで拭きながら廊下を歩いた。そういえば、母もいつかこんなことをしていたっけ。さやかはふと昔の母の姿を思い出し、懐かしかった。

だが、こんな廊下の埃など、この家ではものの数ではなかったのだ。夏のトイレ。これにはさやかも参ってしまった。

農家のトイレは大きい。ましてや広大な農地を持ち、先代まで大勢の小作がいただけはある旧家のトイレだ。下を見れば、暗闇の中、二帖ほどもある肥だめが細い隙間の光を受けて、イチョウの葉のような黄金の人糞がたっぷり広がっているのが見える。そして、問題は、その肥だめの中から這い上がる蛆虫だった。

米粒をふやかしたような虫が足元で動きまわって、その中での用足しは堪えがたかった。さやかは一匹一匹紙でつまんでは下に落とし、それからやっとその場にしゃがむことができた。蛆虫は小さいわりに弾力があり、その感触がなんとも気持ち悪くて、ごはんのときなど白い米粒を見るたびに食欲も失せ、文字通り身も細る思いだった。

なにしろ、さやかは結婚するまでに近藤家には一度しか来たことがなく、来てもトイレを借りるほど長居はしなかった。もしあのとき、このトイレに入っていれば、結婚などしなかったかもしれないと、さやかは本気で悔やんだ。しかし、セールストークの抜群な孝雄は、ひたすらお客に誠意を尽し、喜んでもらう事をモットーに、そして心理をつかむのもたけていたのかもしれない。

こんなさやかの苦労も知らず、夫はいつも帰りは午前様だった。珍しく早く帰ってきたと思えば、両親のいる部屋に入り浸り、夜になってもさやかの元へはやって来ない。さやかはいつも一人だった。

トイレのことといい、放っておかれることといい、この家の雰囲気といい、さやかの頭の中に、嫁いで一ヵ月もたたぬうちに〝離婚〟の二文字がクラゲのようにフヨフヨと浮かぶようになった。

*

虫の音も静まり、庭の樹々の葉も枯れ落ちて、そろそろ冬を感じる季節、その年の十一月、アメリカではケネディ大統領がダラスで暗殺され、その様子がトップニュースとして全世界を駆け巡るころ、さやかは突然嫁ぎ先から姿を消した。

みんなよくしてくれる。が、毎日吸うあそこの空気が合わない。夫が結婚前、一度しか実家に連れてこなかった、その理由も今になればなんとなく理解できた。一日も早く離婚しなければ……その思いだけで、それでも半年以上なんとか努力を続けてきた。が、それももう我慢の限界。誰にどう思われたってかまわない。チラチラ家の灯りがつき始めた頃、人々は家路に急ぐが、さやかは、何かに取りつかれたように、財布をにぎりしめ駅へと――。

これからどこに行こう。揺れる車中、暗やみの灯りに坂本君の巨体が浮かんだ。そうだ京都に行こう。二階に下宿している一ツ橋大生日野君の所に、夏休みになると遊びにくる親友だ。そして帰る時に必ず「京都に来る事があったら電話を下さい。古都の町を案内します」と言い残す。サイフの中をかき回すとメモ紙が入っている。急ぎ列車に飛び乗り、途中震える指でダイヤルをする。ガッタンゴットン車輪の乾いた響きが体をつつみ、コールする音をかき消す。

「モシモシ坂本です」

「モシモシさやかです」

その声に驚く坂本君は、約束どおり京都のホームで立っていた。

「イヤ～本当にビックリどすわ‼」と大声をはりあげ、大きなエクボがぽっこり、さやかの心をなごませた。

「突然、すみません」

さやかは細い体を折り曲げるように頭を下げ、

「お願いです。一週間ほど泊めてほしいんです」と切り出した。

その言葉に、一瞬坂本の顔が引きつり、当惑顔になったのをさやかは見逃さなかったが、それしか方法はなかった。旅費でお金を使いはたして、もうホテルに泊まるだけの余裕はなかったのだ。
五、六秒沈黙のあと、坂本は、
「わかりました。でも、下宿のおばさんとおふくろが親友でして、女性の出入りは禁止ということになっているので……気づかれないようにしてください」

落ち着いた声でそう言った。

駅からは市電に乗って、花園町という閑静な住宅街で二人は降りた。足音を忍ばせながら階段をのぼり、案内された部屋は、きちんと整理がゆき届き、本箱に多くの本が並べられ、坂本の人柄がうかがわれた。

階下にいる大家に気づかれぬよう、トイレに行くときも抜き足差し足、部屋の中でもさやかは極力動き回らないことにした。もちろん、夜は部屋の隅と隅に床をとり、紳士的な坂本は人妻であるさやかを徹底的にただの同居人として扱った。外出のときには、むろん坂本はあたりをキョロキョロ、それから二人は笑いをおし殺して、結構このスリルを楽しんだりもした。

しんしんと底冷えのする京都の街。澄みきった大気のなかに長い歴史が浮かびあがる。さやかは昼間、よく一人で街をぶらついた。いまごろ、近藤家は大騒動になっているだろう。しかし、不思議とさやかの心に後悔の気持ちはなかった。

それでも六日が過ぎた時、さやかは坂本に、明日帰ることにした、と告げた。

「長いあいだ、本当にありがとう。今、宿代までもち合わせてないの。私の体で支払います」

彼をちょっとからかってみたい気持ちもあった。

「冗談よせよ」

坂本は赤くなって、「そんなつもりないよ。第一、この家相当ガタが来てるんですヨ。そんなことしたら、おばさんにすぐ気づかれて、大変だ」

さやかはそんな坂本をおかしそうに眺めていた。

「それより、明日帰るなら、近くの池でボートにでも乗ろうか？」

翌日、大学の講義が終わると坂本は約束どおりさやかを池に案内した。池には人の姿もなく、青く澄み渡る空には雲が一筋すっと流れ、それが水にも映っていた。ボートは、池に浮かんでいるのか空に浮かんでいるのかわからぬほど景色と一体となり、坂本の漕ぐ櫓の音が周囲の小高い山々にこだまして、水面には斑紋が輪を描きながらゆっくりと広がっていった。

帰るさやかを坂本は京都駅まで見送ってくれた。そして、別れ際、それまで、なぜさやかが家を飛び出してきたのか、詳しい話を聞こうとしなかった坂本が、

「奥さん、元気出して、がんばってください」やさしい声でそう言った。

胸に迫るものがあったが、さやかは涙を見せたくなかった。

「いろいろありがとう。坂本君も勉強がんばってね」

小走りに階段を駆けあがり、一瞬、振り返りたい衝動にかられたが、さやかは後ろを振り向かずに、そのままホームに走っていった。そして今思う。古都のほろ苦いいやしの宿を提供してくれたさわやかな青年は、どんなおじさんになって生き輝いているだろう。その後、声も聞かず再会もないまま、心の中であのときの若さのまま止まっている。

さやかは近藤家のある日野ではなく、立川の実家に帰った。「別れたければ別れればいい」

との母の言葉を信じて、玄関のドアを開けると、とたんに父の罵声が飛んできた。

「嫁に行ったら一生添いとげろ。離婚話など聞きたくないぞ。仲人にどう説明するんだ。別れたいから別れるとでも言うつもりか！」

そういえば、仲人は父の上司だった。

連絡を受けて、その日の夕方、孝雄は早めに会社を切り上げると、さやかを迎えに来た。幾分やつれたさやかの顔を見て、夫は一言の小言も言わず、かえってさやかに気をつかっている様子。さすがにさやかも、このときばかりは夫に申し訳ないことをしたと反省した。

そしてさやかは、帰るのが当然のことのように近藤家につれ戻され、孝雄の両親に詫びを入れるかたちで元の鞘におさまった。両親はその後も、さやかの出奔を咎めだてることはなく、かえって気をつかってくれるほどで、さやかにはそれがむしろ息苦しかった。再びさやかの以前と変わらぬ日々がはじまったが、夫の帰りは幾分早くなったようだった。

＊

年が明けて昭和三十九年。さやかは実母に連れられて、近くの寺にお礼参りに行かされることになった。

「坊様に会ったら、その節はいろいろと御世話になりましたと言えばいいのよ」

「わかってます」

さやかはつっけんどんに答えた。

さやかが家出したとき、義母が、よく当たると評判のこの寺の占を聞きつけて、お伺いを立てたのだ。占の結果は、「一週間で戻ります」。ぴたりと当たったということで、さっそく義母から、母とお礼参りに行くようにとのお達示があった。

母は久々のさやかとの外出が嬉しそうだった。

「お寺って、寂然としていていいものネ」微笑みながら言った。

薄暗い本堂の中は線香の匂いが漂って、その冷気に身が引き締まるが、ガラス窓から差し込む陽がさやかの緊張した心を蒸し饅頭のように温かくしてくれた。本堂には人がたくさんいたが、やがてみんな帰って行き、最後にさやかたちが呼ばれた。

坊様の前に座ると、さやかと母は下を向いたまま深々と頭を下げた。

「まあ、よく帰ったね。よかった、よかった。でも、このことは決してあなたが悪いというものではないよ。誰も悪くないいんだよ」

坊様のその声は慈悲にあふれ、さやかの目からは玉のような大粒の涙があふれ、手の甲を濡らした。さやかは首を垂れたまま、身じろぎひとつしなかった。

「まあ、お若い方にはご縁のないところでしょうが、お母さん、たまには線香の一本もあげに来るように言っておあげなさい。気持ちも落ち着きますからね」

母は坊様としばらく話し、それから二人は本堂を後にした。

帰る道々、さやかの体は嘘のように邪気が払われ、生き生きとした生気がよみがえっていた。

「母さん、いい坊様ネ！」晴れ晴れとした気持ちで言った。

「わたし、くそ坊主のところなんてと、本心そう思っていたのよ。でも、よかった」

「そうね、本当にいいところネ」

そう言って母は空を仰いだ。それからぽつりと、

「さやかちゃん、みんないい人なんだから、頑張ってよネ」

さやかは母のこの言葉を聞き、まだ離婚の考えが完全に消えたわけではなかったが、なんとか努力してみようかという気持ちになった。さっきの坊様の声が、毛穴から全身にしみ渡り、血液と混ざり合い体じゅうを包んでいて、さやかは幾分落ち着きを取り戻していた。

＊

昭和四十年十月一日、さやかは長女由香里を出産した。続いて昭和四十二年には次女美奈子を出産。舅姑も大いに喜び、娘たちは日増しにかわいくなっていく。子供好きの夫はつきっきりで、かわいさのあまりなめまわすほどの溺愛ぶり。端から見れば、幸せいっぱいの家族に映

ったかもしれない。しかし、さやかの心は晴れず、例のお坊様のところへお参りすることで、なんとか気持ちを落ちつかせる日々だった。

合掌させられた手

昭和四十五年三月七日、さやかは二十七歳の誕生日を迎えた。三日間降り続いた雨もやみ、庭の木々は生き生きと春の息吹を伝えている。裏山では鳥たちがにぎやかに囀《さえず》り、まるで深山にいるような錯覚さえ覚えるほどだ。広い庭には、偶然にも幼い頃をよみがえらせる青銅の木が六本、間隔よく植えられていた。

それぞれ四歳と二歳になった二人の娘たちは庭先で三輪車に乗って遊んでいる。

「お母さん、三時のおやつある？　あたし、オレンジのヨーグルトがいいヨ」

由香里の声か、無邪気な言葉が風に乗ってくる。

のどかな昼下がりの午後。しかし、電話のベルがけたたましく鳴り響き、受話器を取ると、母の慌てふためく声が聞こえてきた。

「さやかちゃん？　大変。じいちゃんが、じいちゃんが倒れてね、救急車でいま病院に運ばれたのよ。先に病院に行ってるから、早く来て、早く来て」

滅多に、いや、これまで一度だって取り乱したことのない母が、こんなに取り乱すなんて。

そのことで受話器を持つさやかの手はさらに震えた。

子供たちを義母に頼み、家を飛び出した。豊田駅前の花屋でフリージアの花束を急いで買い、慌てて電車に飛び乗った。速く、速く、もっと速く走れ！　座っていても走り出したい衝動にさやかは駆られたが、電車は一定の速度のままのんびりと走っている。

午後の車内は空席が多く、日差しがシートを明るく照らし、ライトが当たっているような眩しさだった。さやかの膝にも陽が差して、手にもつ花を温め、花の香りが車中に漂い、乱れる心を芳しい匂いで包んでくれる。窓の外の景色の中、なぜかさやかは、そこに刀を振り上げこちらに向って走ってくる、元気なじいちゃんの姿を見たような気がした。

ようやく病院のある駅に到着し、タクシー乗り場の前に急いだが、財布を見ると小銭しか入っていない。しまったと思ったが、さやかはもう走り出していた。走って走って二十分後、じいちゃんのいる病室のドアの前にたどりついた。

荒い息をおし殺すようにフリージアの花に顔を埋め、ドアを開けた。花と花のあいだから見える暗い病室。じいちゃんの枕元にはぐったり椅子に座っている母がいた。両手を合わせ、天を指さす人指し指は、暗い病室の中にくっきり白く浮かんで見えた。

「母さん」

そっと呼びかけると、母はちょっぴり安堵した顔になりうなずいた。

さやかはベットの脇に近づいて、

「じいちゃん、大丈夫？　さやかだヨ」

それからフリージアの花をじいちゃんの鼻先にもっていった。しかし、じいちゃんは身動きひとつしない。それでも、母がそっと頭を撫でると、うっすらと目を開けて、

「オオ！」

花の中から声が漏れた。さやかは、いつものじいちゃんの癖「オオ！」の声を聞いて、少しだけ安心した。

「さやか、母さんを、大切にな」

じいちゃんの弱々しい目がさやかの姿を探し求めた。土気色した顔に黄色のフリージアの花が妙に映えて、それがさやかには寂しく、目頭が熱くなってきた。じいちゃんに見られたらまずい、そう思ったとき、じいちゃんが、

「いい、香りだ、なア」

そうつぶやいてから静かに目を閉じ、そうすると目尻から一筋の涙がすーっと流れて、枕を一しずく分だけ漏らした。その小さなシミはじいちゃんの万感の思いの印だろう。

「さやかちゃん」小さな声で母が呼ぶ。

「私ネ、一週間前、みどりやのデパート前でじいちゃんに偶然会ったの。その時じいちゃんが、

『静、パジャマを買ってくれないか』って言ったのでびっくりしたわ。今まで一度だって物をねだったことなんてない親だもの。驚きと嬉しさで胸がわくわくしたわ。初めて親子の情に触れたようで、私ネ、五着も買っちゃったわ。じいちゃんは私とお父さんの結婚にずっと反対だったから……もちろん、孫を通しての行き来はあったけれど、父親と娘としての触れ合いもないまま、今日まで来たような気がするの」

母はそう言うと、夕暮れ迫る窓を眺めた。その姿はさやかがこれまで見たこともないような寂しそうな姿だった。切なくて胸がいっぱいになったが、さやかにはかける言葉もなかった。

そのとき、ノックの音といっしょにドアから姉の愛子の顔がのぞき、それを合図に、さやかは後ろ髪を引かれるような思いはあったが、家に帰ることにした。夕食の支度をしなければならないのだ。

電車に乗り、駅前の商店で買い物をしようと思ったが持ち合せがないので、一旦家に走って帰り、お金と買い物カゴを下げて、また買い物に走った。気もそぞろで、食事の支度をする気にもなれず、ちょうどいい具合に出来合いのハンバーグがあったのでそれを買って家に走り帰った。しかし、パックを開いてみると、ハンバーグが糸を引いている。せっかく買ってきたのに、へんなものを売りつけられたと、さやかは再び店まで走って新しい物に交換してもらったが、帰る道中さやかはもう走れなかった。

とぼとぼと歩いているうちに、涙が流れて止まらなくなった。誰か夕食の支度をして。食費代が花に代わってしまった。初めて見た、じいちゃんの涙。勘当されていた母さんの胸中――。

その夜は頭が冴えて眠れなかった。そして、午前二時過ぎ、電話のベルが鳴り、さやかは、じいちゃんがたったいま大動脈破裂によって亡くなったことを知らされた。

じいちゃんは、何十年も前に死に別れた妻の元へと旅立っていった。不器用な生き方しかできなかったじいちゃん。「いい香りだ」という言葉を最期にじいちゃんは、さやかに多くの愛を残してくれた。

＊

まるで生きているようなじいちゃんの死に顔。じいちゃんは美男子だったのだとさやかはあらためて思った。そんなじいちゃんのかたわらで、母と母の兄が押し問答をしている。

「兄さん、手が組めなければ、そのままでいいんじゃないの?」

「静、黙れ。死人は手を合わせにゃ、だめだ」

「そんなことありませんよ。紐で手をくってあの世に行かせるなんて、私は反対です」

母と伯父との言い争いはいつまでも続き、とうとう母は泣きだした。

しかし、それでも母の願いは聞き入れられず、伯父はじいちゃんの硬直した指を一本ずつ組み合わせて合掌させ、白いガーゼの紐で手際よく縛りあげてしまった。その間じゅう、母は涙を流しつづけ、細いうなじを震わせながら、

「死んでまで縛るなんてかわいそうよぅ。兄さんは冷たい！」

と吐き捨てるように言い続けた。

夜になると湯灌が行われ、旅立ちの持ち物が柩に入った。愛用の山高帽子、刀の用具、袖を通さずにあった母の買ったパジャマ。母は伯父を無視するかのように終始無言だった。

そして翌日、朝からどんより曇りうすら寒い告別式の日。泣き明かした母の顔は憔悴しきっていて、姉の愛子が心配してつきっきりで何かと母に話しかけている。

「お棺の中に入れてあげるものは、ありませんか」

いよいよ出棺というとき、葬儀屋さんの声に、さやかはじいちゃんの「オオ！」という声を聞いたような気がして、永遠の別れの辛さにハンカチを目に当てた。その時、母の絶叫する声が響き渡った。

「じいちゃん！」

母は柩に駆け寄ると、お棺の中に眠るじいちゃんをひきずり出し、抱きかかえた。火事場の馬鹿力のように、小柄な母が長身で大男のじいちゃんを引きずり出したものだから、その場は大騒ぎとなった。

「兄さん、ほどいてよ！」

「静、離せ！」

「いやヨ！」

親戚の人たちはおろおろするばかり。さやかは咄嗟に母とじいちゃんにしがみついた。母に抱かれたじいちゃんは、氷のように固く冷たい頬をして、母のほっぺたは炎のように熱かった。さやかは火と氷を同時に感じて、生と死と、天と地とを、一瞬にして味わった。

結局じいちゃんは手を縛られたまま葬られた。おかげでその後、さやかは夢枕に立つじいちゃんが、手をほどいてほしいという姿に悩まされ、その都度じいちゃんの墓をお参りすることになった。

身近な人の死を経験すると、人間は本当の悲しみ苦しみを知る。その時から、死を考える事は、生を考える事なのだと感じ、生と死を正面から向き合うきっかけとなった。

変化

じいちゃんの亡くなった年の十一月のある日のことだった。

玄関先に二人の青年が立ち、宇都宮に現在開発中の分譲地があるので検討してみてほしいと、パンフレットを置いていった。兄弟だという二人のセールスマンはその後も熱心に訪問し、ついに両親を口説き落として契約にこぎつけた。義父たちは、自分で買っておきながら、実に腕のいいセールスマンだとほめることしきり。さやかは、そんな家の中の様子も、どこか冷ややかな目で眺めている自分に気がついた。

そして、とうとうさやかは思い切って夫に、両親との別居を願い出た。他人からは玉の輿と羨ましがられていたが、結婚当初から感じていた、この家と肌が合わないという違和感は、子供ができてもさやかの中から消え去ることはなかったのだ。

さやかの気持ちを聞かされて、孝雄はひどく驚き、と同時に長男であるため家を出ることへの抵抗もあった。苦悩し、何度も考えを変えるようさやかに迫ったが、さやかの決意の固いのを見て取ると、不承不承ながらも別居の決断をせざるをえなかった。

転居先は、日野の駅から六、七分の、一DK、木造のアパートに決まった。もちろん家具調度品もほとんどなく、テレビも冷蔵庫も洗濯機もなく、風呂も付いていなかったが、親子だけの住処《すみか》だった。誰に気をつかうこともなく、引っ越しのその日、さやかは久しぶりに心からくつろいだ。そして、そんな自分に、あの家でいかに窮屈な思いをしていたかを痛感した。

翌日になるとさっそくさやかは、カーテンを作るために裏地用のナイロン生地を買ってきて、花と動物のアップリケを一針一針丁寧に縫い付けて窓に下げた。娘たちは大喜び。たったそれだけでも、幸せいっぱいの温かさがあった。

やがてアパート内にも、新しい友人ができた。隣の部屋にさやかたちより少し後に越してきたあつ子だった。ちょっと病弱そうだが、どこかきりりと気品にあふれた女性だった。家族はちょうどさやかのところと同じ、親子四人暮らし。夕方になると一緒に銭湯に行き、代わる代わる子供の面倒を見るのが一日の締めくくりの習わしとなった。

しかし、しばらくして落ち着きを取り戻したさやかは、どうもじっとしているのが性に合わないのか、何か目標を持たなければとあれやこれや毎日考えるようになった。そして、ひとつのアイディアが浮かんだが、なかなか夫に切り出せないでいた。

そんなとき、さやかは夫の好物の日本酒と刺身をテーブルにたくさん並べた。酔っぱらわせて、機嫌を取り持ち、なんとか承諾を取り付けようと考えたのだ。

夫がかなり酩酊してきたところで、さやかはおもむろに切り出した。

「お願いがあるの。実家のあの草ボウボウの土地をわたしに貸してもらえないかしら?」

夫は何の話をしているのかわからないらしく、キョトンとした顔をしている。

「あそこにマンションを建てようと思うのヨ」

「マンション? 金はどうする?」

ちょっと引き締まった顔になった。

「農協で借りればいいじゃない。お父さんたち、農協とは付き合いも長いんでしょう?」

「でもなあ——」

酔っていても、しぶる夫。

「家を出ていて、そんな虫のいい話できないよなあ」

「ね、今度の日曜日、子供たちと一緒に行きましょう。計画がしっかりしていれば心配ない話なんだから」

孝雄にしてみれば、マンションをあそこに建てるということは、自分たち家族が両親の近くに帰っていくことを意味していた。それに、こうなったら、もうさやかは後へは引かないだろう。数年の結婚生活で、孝雄はそのことはよくわかっていたので、承知するしかなかった。

日曜日、さやかは孝雄を引き立てるようにして、久しぶりに実家に出向いた。両親は、最初マンション経営に不安の色を隠せなかったが、敷地内にマンションが建てば、孫たちも帰ってくると、孝雄同様裏にはそんな思いもあり、またさやかの熱心な説得もあって、どうにか承諾してくれた。

マンション工事は急ピッチで進められ、昭和四十七年三月に完成。三DK、二十世帯を入れることのできる四階建ての建物が、見渡すかぎり畑ばかりの場所に建った。丸みをおびたバルコニーに唐草模様の手摺り、白のスタッコの吹き付けが清楚な雰囲気を醸しだしていた。さやかも一年ほど暮らしたアパートからマンションの一室への引っ越し準備をはじめ、仲良しになった隣のあつ子との別れを惜しんだ。

長女の由香里は小学校、次女の美奈子は幼稚園に通いはじめ、さやかは新たな仕事、マンションの管理人として精を出した。以前の生活に比べ、なんと充実した日々か。さやかの父母も元気で、姉たち夫婦のはじめた青果店も順調らしい。

そして、近藤家の両親は、以前買い求めた宇都宮の土地が値上がりしたと大喜び。時あたかも、田中角栄首相の日本列島改造論はなやかなりし頃だった。

ところが、翌昭和四十八年はオイルショックによる生活物資の不足が囁かれ、さやかもトイレットペーパーの買いだめに、方々のスーパーを駆け回ることになった。

樟脳の香りはきらい

やがて買いだめしたトイレットペーパーは、山のように高くつまれた。今日こそ母に持っていき、喜ぶ顔を見たい。車のスピードを上げ、ハンドルを握る手が汗ばむ。

「こんにちは！」いつも呼べば答えるはずの母の声が聞こえない。家の中はシーンと水を打ったような静けさ。チリ一つなくピカピカにみがかれた廊下がさやかの気持ちを緊張させた。

「母さん、母さん！」叫びながら居間に入ろうとすると、日が差す縁側に背を向け、まるで月食の太陽のように真黒で光を失い、うなだれ姿でへたり込んでいる。「どうしたの？　父さんとケンカしたの。心配事あるの。体の具合でも悪いの？」矢継ぎ早に問いただし、顔をのぞきこむと、母の顔は苦悩にゆがみ、だんまり、今までに見たこともない別人の母がそこにいた。

いつも気丈で働き者、人に愛を振りまき、慈愛の女性であった。

「母さん、今日はお茶もキュウリもみも作ってくれないの？　それなら、私が作ってしんぜよう」と言いかけると、母は急にエプロンであの美しい顔をおおった。ビックリ仰天。母がおよよと泣いたのである。もう、ぶったまげたァー。真白のエプロンの中からもれる母の一言に、さやかの身はすくんだのである。

それは姉への悩みであった。昨日、義兄が血相を変え、母をせめたてたようだ。なんでも、姉の浮気現場を目撃し、もう離婚するゾと、声を荒げ、母につめより帰ったそうだ。

姉は良く働き、人の面倒みも良く、住み込みで五人の番頭を長い間世話し、母親がわりとなっている。しかし、やりすぎのきらいもあり、人から誤解をうける事もしばしばだが、商売も順調で、アチラ、コチラに土地を持ち、最近は近くにビルも建てている最中に、この事件がおきた。両親は、男まさりの姉をずっと頼りにしていたが、くるべき時が来た事を直感するのであった。

義兄はいつも愚痴ばかり。田舎者よばわりし、オレをさげすむ言い方をする。夫婦生活は、拒否し続ける等、不満タラタラさやかに向け、そのたびに中をとり持ち、まったく気疲れする夫妻である。姉は姉で、夫の思いやりのなさ、暴力をふるう、二重人格等、どっちもどっちに見える。

まず相手を変えるには、自分の方から変わらなければダメヨ。そうしていけば、だんだんと相手も変わっていくものだと、姉に幾度となく忠告をしているのだが、なかなかさやかの信条を解ってはもらえない。

およよと泣く母のエプロンは涙でぬれ、細い体はあめんぼうのように水面の波紋の中で風にゆられ、フルフルと震えているように見える。「もう心配しないでヨ！　私が二人をおさめるから」と言いながら、背中をさする。さやかの手は、母への愛に答えようとするかのように、大きく、天狗のうちわのようだった。「まったく、すまないネェー」と言いながら、エプロンのすき間からかいまみる顔は、いつになく、いとおしく思えた。

やがて、二重の奥目が、もちが焼けるようにぷっくらとふくらむ程の顔をふきふき、台所でキュウリもみを作り始めた。お盆にのせられたキュウリは、みずみずしく、若草色。いつものようにマヨネーズがわきに、色のコントラストもよく、二人の心をなごませた。

こんな時間が、永遠に続く事を願う、さやか。そして、いつもさやかに深い愛をそそぎ見守る母、静――。


翌日、予想していたとおり、姉から電話があった。相当、動揺しているらしく、声がうわずり「どうしよう。どうしたらいい？　夫に工事現場の部屋で、彼といっしょにいるのを見られた。私は服を着ていたけど、彼はスッポンポンだったのヨ。ううん、ちがうトランクスははいてたわ」「姉さん、なんで、そんな所を見られるのヨ。それどういう事なの？」さやかは強い口調で言い放ったが、「別に、なんにもないわヨ」という姉。「今そんないい訳したって、義兄の気はおさまらないわヨ。いつも姉さんの事、勘ぐっているんだから‼　いいかげんにして‼　二人はいつも線路なんだヨ。どこまでいっても混じり合わない。お互い、相手の気持ちになって考えたことないものネ。用事を済ませて行くから」と言って受話器を置いたが、気が重い。だが、母を思えば、早く解決しなければ――。

車をぶっとばし、ただ一点を見つめ走る。気がつくと聞きなれた柴犬のガッチャンのほえる声がする。「こんにちは！」ドアを開けると、不機嫌そうな兄が顔を出す。「ヤアー、さやかか。上がれヨ」と言って台所のテーブルに通した。いすに座るか、座らないうちに、案の定、姉の話しが出た。

「なあ、さやか。愛子が監督と浮気した現場を押さえたゾ」「それで？」とさやかは、なにも聞いていないふりをした。

「まったく二人はいつも、なにかとケンカばかりだネ！　どうして仲良くやれないの？」すると兄は、ベースボールのような顔をまっかに上気させ、いまにも湯気が出そうだ。

「オレはな、いつも欲求不満だ」「そんなの、私のせいじゃないわヨ」「そりゃそうだ。だけどな、もう夫婦生活なんか、ないゾ。愛子はオレを拒んでばかりだ。さやかみたいなのを、嫁さんにすればよかった」「兄さん、隣の芝はよく見えるものって、よく言うじゃないヨ」もう、あること、ないこと、西日で暖まった台所は、サウナのようにむし暑く不愉快。聞いて聞かぬふりをして、母の顔を思い浮かべ、ボーッとしていた。

そのとき、「さやかと一回でもいいから……」と意外な言葉が耳にとびこむ。うん、なになに、頭の電気回路がぐるぐる回る。そうだ一回だけ、人身御供になれば、すべて解決する。一度、我身を捨てれば、兄の弱味を握れる。そんな解決法しか、みいだせない我身が、情けなかったが、この一瞬にかけた。

「エ！　義兄さん、何？　いま何言った」「だからヨォ、さやか、お願いだから相手をしてくれヨ！」「だって、それは姉さんや夫を裏切る事だヨ」と言いつつ、覚悟はできていた。

「よし解った。でも金輪際、姉さんや母さんを責めたりしたら、この出来事をバラスからネ」

「解った、解った、さやかの言うとおりになんでもするゾ――」と言いながら、床間のある八帖にシャツを脱ぎながら歩いた。

「兄さんどこ行くの。こっち、こっち」と言って、さやかは納戸でさけんだ。「なんでこんな所」と言う兄の声も顔もやわらぎ、男の本質をかいまみたような気がした。

納戸はうす暗く、樟脳の強い香りが鼻につき、みじめな自分が板の間に横たわる。見上げれば、フジ棚のように豪華な紫の着物がダラリとぶらさがり、私を見つめ、目の前に兄の顔があった。「どうぞ、香り放つ樟脳ヨ。私の行為を消し清め」と願いつつ、今、誰の為でもない、母の為だけに、この身はあると信じながら、虚しい心の乾きを覚えずにはいられなかった。

人の一生はまばたきするが如し、一瞬であるというように、二人の出来事は、ひとまばたきのようにあっけなく終った。「さやか悪かったナ」義兄はさらりと口にしたが、さやかにとっては、あの若き日の月熊先生との悪夢を思い出させることになった。だが、せめての慰めは、姉と顔を会わさず帰れた事だった。


帰る道すがら、ハンドルを持つ手は淋しく、せみの抜けがらが座っているように、すべての感覚を失っていたように思えたが、着いた所は、実家の前だった。

気を取り直し、母の前に座り、事の次第を話すと、母の顔色はだんだんと変わり、うなだれ、その場にひれ伏し、ワァーと泣き出しおえつした。さやかは、母さんを泣かせてしまったと、ドキリとしたが、「母さん、心配しなくていいんだヨ。これから先、義兄になにかあったら、今日の件を両親にバラすゾ!! とおどしてあるからネ! もう、だいじょうぶヨ。姉さんには、今夜にでも適当に理由をつけて義兄の誤解はとれたようだと言っとくワ」と言ったとたん「さやか、イヤな思いをさせて、本当に申し訳ないネ!」と顔を上げ、さやかを抱きよせ、いつまでもいつまでも、体中をさするのでありました。

そのときの母の心情を察すれば、どんな言葉を発してよいか、言葉がみつからなかった。

そしてその後、母の身の上に予想だにしなかった運命が待っている事など、二人は知るよしもなかった。

そしてさやかは、ナフタリンの新種〝ムシューダ〟が新発売された事を喜んだ。ナフタリンの香りはいい思い出ではない!! ナフタリンの香りはきらい!!

最期の泡の一粒

秋も近づいたある日のこと。母の体調が思わしくないと父から電話が入った。さやかは取るものも取りあえず実家に駆けつけると、母は柱にもたれかかり、湯飲みを片手にぼんやり遠くを見つめていた。

「母さん、どんな具合？」

「背中が痛くて、食べた物がつかえたようで、下に落ちていかないのよ」

さやかは母を連れて病院に急行した。

診察を受け、レントゲンを撮り、さまざまな検査の後、さやかは母に呼ばれて診察室に入っていった。医師がにこやかにさやかを迎える。

「娘さん。心配ないですよ。胃の上部に小指の爪くらいの潰瘍ができていて、たいしたことはないでしょうが、心配なら入院してもいいですよ。二週間も薬を飲めば楽になると思いますから」

念のため入院させることにしたが、「入院していても、あまり変わらない」という母は家に帰りたがり、二週間しないうちに退院となった。

「やっぱり家が一番ネ。もう入院なんてこりごり」

さやかに姉の愛子、妹のひとみと久しぶりに三人姉妹がそろい、母を囲んで女四人、好物の和菓子を食べながら話に花が咲いた。

そんなとき、母が初めて、父とのなれそめをぽつりぽつりと語りはじめたのだった。

「私ネ、学徒出陣でかり出された時に、工場で働いていた父さんに一目惚れされてネ。しつこいのよ。とうとう根負けして、一度だけという約束で、夜家を抜け出して逢い引きしたの。それは寒い夜、月に照らされたススキの先が白く風に揺れていたわ。何かうら寂しい気がしてネ。父さんが白いハンカチを敷いてくれて、勧められるままに座ったの……」

「それで、どうしたの?」

さやかが身を乗り出した。

その後の母の話はこうだった。

母は父に対して何の愛情も感じないまま、しかし父の一方的な行為によって、たったその一度だけで姉を身ごもってしまった。そのときすでに母の母親は亡くなっていたので、母は相談する相手もなく、一人悩み苦しんだ。密かに水風呂に漬かったり、薬草を飲んでみたり、飛んだり跳ねたり、食事を抜いてみたりして、体のほうはやせ細っていくが、お腹だけは大きくなり、とうとう父との結婚を決意した。もちろん、母の父親は大反対。それで半勘当のような状態が長いこと続くことになったのだ。

しかし、さやかは父方のじいちゃんのことは何も知らない。父の父親は大酒飲みで、三十五歳のとき肝臓を悪くし、五人の子供を残して亡くなっていた。その後、父は気丈な母親の手一つで育てられ、母がお嫁に行った時にも元気だった。

その母親が母に言ったという。

「おまえさんの親は、教えていなかったのかね？　出された白いハンカチの上に女が座るということがどういうことなのか」

それは強い口調で、自分の息子に非はないといわんばかりだったという。

「出された白いハンカチに座るということが、体を許してもよろしいでございます、という返事だなんて、私、知らなかったのよ。そこに敷いてくれたら、誰だって座るわよネ。なんて気のきく人なんでしょうって……」

母はそう言って、寂しそうに笑っていた。

退院した母はその後しばらくは元気に過ごしたが、年の瀬近く、再び食欲を失い、背中が痛むと言いだした。細い体が一層細く、三十八キロまでになった。心配になったさやかは例の坊様に病気を占ってもらおうと、一人寺に出向いた。ときどき花と線香をあげるために来ていたが、占いをたてるのは初めてのことだった。

しかし、久しぶりに会う坊様は以前と変わらず、さやかがやって来たことを喜んでくれた。仏教での呼び名を大法といった。大法は物静かな口調で、「良い方角の病院に行けば病名もはっきりする」と言って、何やら書き記したメモをさやかに渡した。

「今度暇をみつけてゆっくりいらっしゃい。あなたにお会いするのは、私も楽しみです。あなたとは妙に合う」

そんな謎めいた言葉を背に、さやかは寺を後にした。そして、坊様が書いてくれたメモにあるとおりの方角にある東京大学附属病院に母を連れていった。

検査の結果の出る三週間後。孝雄が車を運転し、母を連れて、姉とともに病院に向かった。診察のあと、姉とさやか夫婦が呼ばれ、三人は医師の前に腰をおろした。

先生の苦渋に満ちた顔。それを見れば、結果がよくないことは想像できた。さやかの心臓は高鳴り、横を見ると、夫の脚も小刻みに震えている。

医師はレントゲン写真を明かりに照らすためスイッチをパチンと入れた。

「結果を先に申し上げます」落ちついた声で言う。

「末期ガンです」

とたんに姉は大声で泣きだし、夫はがっくり肩を落とし、さやかは呆然と医師の言葉を頭の中でくり返した。しかし、わたしだけでもしっかりしなければ、とさやかは強いて自分を奮いたたせる気持ちになった。まずは、母になんと報告すればいいだろう。とりあえずは、胃潰瘍の大きいのが見つかったということに……。

姉と夫を残して、母の元に戻ったさやかは、努めて明るい調子で言った。

「よかった。ちょっと大きな胃潰瘍みたい。手術ですぐよくなるらしいわヨ」

ホッとする母を横目に、さやかの胸ははち切れそうだった。

翌日、このことを大法に報告に行った。足取りは重く、大法の前に座った瞬間、ナイアガラの滝のごとく涙が流れ落ちた。そして、さやかは母のため、三年間、千日の願掛けを仏の前で誓った。昭和四十九年二月のことだった。

＊

朝四時起床、四時二十分に寺につき、境内の掃き掃除を三十分。回向一時間、座禅三十分。さやかは毎日二時間を寺で過ごした。絶対に治してみせる！　そう自分自身に言い聞かせながら、雨の日も風の日もさやかは寺に通い続けた。

その年の春先、母は不安気な顔を押しかくし小さく手を振り振り「頑張るヨ！」といいながら手術室へと消えた。ドアの前の「手術中」のランプが、青から大好きな赤に変ったが、このときぐらい赤色のランプがうらめしく、目をそらしたと同時に、心臓が高なり、両足がわなわなと震え始め、手術台にのぼる母の身を案じ、両手をくみ、胸にあてるのであった。

ライトに照らされたかぼそい体、一人で恐怖におののき何を思い意識を遠くしていったのだろうか？　誰もが沈黙し、水を打ったような静けさの中、時間が過ぎてゆく。朝の九時から夜の九時まで十二時間の大手術に母は耐え手術室から出てきた時の顔は青白く透き通っていた。胃を全摘出し、食道と腸をつなぐ大手術だった。ガンはすでに胃壁を破り、男の人の拳大の大きさにまで成長していたという。とぎれることのない母のうめき声が静かな病室にこだまして、さやかは両手で耳をふさぎその場から逃げ出したい、そんな気持ちを抑え、一晩じゅう母の脚をさすり、代われるものなら代わりたい、そう強く思うのだった。

そして、どんな時にも続けられる寺での勤め。母の回復を祈り、さやかはひたすら行に励んだ。その朝も勤めを終えてから、さやかは病院にやって来た。と、病室まであと一〇メートルといったところで、足が釘付けになってしまった。なんと、母の病室のドアの前に、あのじいちゃんが立っているではないか。愛用の黒の山高帽子をかぶり、白いワイシャツに黒のズボン。膝から下はぼんやりしていて見えなかった。自分の目を疑い、さやかは目を擦ってみたが、やはりじいちゃんは確かに見える。

こんなことがあるのだろうか？　さやかは半信半疑のままだったが、母の病室から帰るときにも、同じところに立っているじいちゃんをまた見た。急いで近くに寄ってみると、スッと消える。さやかは出てきたばかりの母の病室に駆け込んだ。

「母さん、大変。じいちゃんがドアのところに立っているヨ。さっきと今と、二回も見たのよ。どうしよう」

母はびっくりしたように、

「おまえも見たの？　母さんも今日、明け方見たのヨ。『静、大丈夫か？』って、毛布を掛けなおしてくれたのよ」

ちょっと怖い話だったが、母と二人、懐かしいじいちゃんに会えてよかったと話し合い、そのとき以来さやかは不思議にも自然と霊の存在を信じる気持ちになった。


手術から三ヵ月、ようやく退院の許可がおりた。久々に家で寛ぐ母は幸せそうに見えたが、食事は牛乳やチーズ、果物、おかゆなどいろいろなものを少しずつ、何回にも分けて食べなければならなかった。さやかは姉と、ほとんど毎日実家に顔を出すようにした。

しかし、秋も過ぎ、そろそろ冬を迎える頃、みたび体調を崩した母は入院することになった。

ガンは肝臓にも転移していて、医師はあと二、三ヵ月が限界でしょう、と宣告した。激痛に耐えかねて身をよじり、顔をゆがめる母。しかし、痛いとは決して言わない。家族に心配をかけたくない気持ちが伝わって、さやかは胸が掻きむしられる思いだった。

「先生、早く、早くモルヒネを打ってください」

「もう少し時間がたたないと。もう少し待ちなさい」

「もう待ってなんかいられません。あんなに痛がっているのに」

医師にそれを言うのは、いつしかさやかの役目になっていた。

やっとモルヒネが効いて深い眠りにつく母の顔は安らかで、美しかった。

そして、眠りから覚めると時折便意をもよおすことがあったが、母はベットで用を足すのを極度に嫌い、ベットから下りてポータブルでするといい張って、さやかを病室の外に追い出した。二、三秒後ドスンと大きな音がして、さやかが慌てて中に入るとそこには理科室によくあた模型の骸骨によく似た、極端にやせた母が手足を折り曲げ転がっていた。

「だから、手伝うって言ったのに」

母は痛そうに顔を歪め、なおも気丈に「さやかちゃん、ゴメン」と言った。

「もう一つゴメンがあるの」母は今話さなければもう言えないままになってしまう、と思ったようだった。

「あなたが結婚した次の日、アメリカから帰られた石水先生がたずねてらしたの。手紙を出しても返事が来ない……と言って。さやかちゃんと結婚したいと申し出てくださったのよ。お気持ちは嬉しいけど娘は結婚しました、と告げると先生は肩をガックリと落として、せめて住所を教えてくださいと哀願されたけれど、教える訳にはいかないと断ったの。今までかくしていてゴメンネ」

こんなときにまで謝らなくても……泣きだしたい気持ちをやっとこらえ、今度はさやかが手伝って、ポータブルに座らせると、母はコロコロの臭いもない小さなウンチを二つした。やっとの思いでベットに戻り、横になった母の目は力なく、それでもさやかには清楚にこのうえなく美しく見えた。

その後、酸素マスクが付けられ、懸命な治療が施されたが、母の姿はどんなに欲目で見ても、回復の見込みは皆無のように思えた。眠りつづける母をみながら、さやかはふと、このまま目を覚まさないほうが楽かもしれないと思ったり、いや、どんなかたちであろうとも息さえしていてくれればいいと思ったり、毎朝、経を唱えながらも千々に乱れる心はなかなか平静にはなれなかった。そして、周囲の誰もが〝死〟という言葉を口にしなくなっていた。

桜の花が満開の四月、その日は朝からさやか一人の付き添いだった。静まりかえる病室で、酸素マスクの泡がプクプクと小さな音を立てている。

めったに目を開かない母が、そのとき花がパッと開くように目を見開いた。さやかはその瞬間、このときとばかりに耳元で叫んだ。

「母さん、わたしと一緒に病院を出よう。車に乗って、二人で死のう。母さん、さあ、わたしの肩につかまって」

そのとき、死に場所は相模湖に身を投げると決めていた。手と手をしっかり縛りつけて……。なぜ相模湖って？　以前、知人の姉さんが行方不明になり大騒ぎ。三ヵ月後、ふうせんのように膨らみ、水面に落葉と浮かんでいたのをたまたま発見されたそうで、みつかったのは、幸運との話でした。身を投げてみつからない!!　そう願い、決めていた。もう母のこと以外頭になかった。

さやかは酸素マスクを母から外した。大粒の涙があふれ、鼻水と一緒に母の頬にぽたぽたと落ちた。母は力なく、さやかにもっとそばに来るようにと手招きし、さやかを抱き寄せると、

「さやかちゃん、ありがとう。まだ、あなたは若いのよ。楽しんで、あとからゆっくりおいでね。天国で待っているから……かならず、空から見ているからネ」

骸骨のように骨ばってしまった母の胸の中は、さやかにとって宇宙にいだかれているように心地よく、広大に感じられた。このとき初めて、生命が宇宙とつながって一体であると確信で

きたのである。そして母、静は、我身の消えゆく命のともしびを、娘の心にともれとばかりやさしくさやかの髪を上から下へとなでつけてから、どこにそんな力があったのかと思えるほどの強さで抱きしめた。

かすかに死臭が鼻をついて、さやかは軽いめまいと息苦しさを感じたが、生きている肌ははてしなく温かかった。さやかは、小さくなった母に思い切りしがみつき、とめどなく流れる涙をそのままに、妙に甘酸っぱい感覚と、わけのわからない安らぎを覚えて、心が満たされた。わたしのすべては母であった、さやかは心の底からそう思った。しかし、このときを最後に、母の目と口は二度と開くことはなく、ただ生の証である泡の音だけが病室に小さくこだましていた。

それから一週間、眠りつづけた母は、最期の泡の一粒をまるでふわふわと宙に浮くシャボン玉が消えるように、音もなくこの世に別れを告げた。昭和五十年四月二十八日、五十四歳だった。

お棺の母は死化粧をほどこされ、生きているのかと錯覚するほど美しく、さやかにはかえってそれが悲しかったが、涙はとうの昔に涸れ果てていた。頬にはまだ温もりが残っているような気がしたが、触れた指先からは冷たさが伝って、母の死を確実に教えてくれる。もちろん家族の悲しみは深く、ことに父は、正視できぬほどの乱れようだった。まるで蝉の抜け殻のようになり、激しく涙を残してはしばし呆然とする、それを何度も繰り返していた。

いよいよ火葬場で荼毘に付すという時、金庫のような大きな鉄の扉が金属的な音をたててガチャンと閉まった瞬間――母との永久の別れ。さやかは一人その場から離れられずにぽつねんと立ち尽くし、伯父の呼びかけにようやく我に返って、別室に向かった。

灰の中にはもう母の面影は何ひとつなかったが、かろうじて、か細い腕らしきものが、面影を残し、横たわっていた。

母のやさしさ、強さ、努力し耐える力を持った静――。女性の生き方は、その美しさと密接にあること、そして、この世は無常であることを母は身をもってさやかに教え、旅立っていったのだ。

*

四十九日の法要は実家で迎えた。

昼頃、家族の者全員が出払ったすきに、さやかはふと母の骨壺を開けてみたくなった。両手に壺を抱きかかえ、揺すってみるとカサコソと小さな音がし、蓋をとると小さく砕けた骨が重なり合っていた。じっと見つめ、お骨に触れ、そうしているうちに、さやかは母を食べてみたい衝動にかられた。

さっそく薄いかけらを何枚か取り出し、骨壺の蓋の上に並べ、どれを食べてしまおうかと思案した。骨壺に手を入れるたびに、母はカサコソと話しかける。涙を流すさやかの心臓は、口から飛び出そうに高なり、恐怖心で指先がプルプルと震え始める。早くしないと、誰かが帰ってくる。母さん、もうこれに決めた。独り言をつぶやき、すり鉢ですった。ゴリゴリと母さんは細かい粒子に変っていく。用意していた牛乳で一気に流し込んだが、母さんは口の中にザラザラといつまでも残った。

母さんは、私の中にいる。いつまでも――。後片付けをしながら、平静になっていく自分が変人に思えたが、少し元気になれた気がした。

その夜さやかは、一人押し入れの天袋にしまった菓子箱を取り出し、庭先で燃やした。ゆらめくほのおは赤く温かい。ほのおの向こう側に母がいるような錯覚に陥り、頭のどこか遠くへ行ってしまった思い出をたぐりよせていた。

昭和四十九年二月から始めた千日の願掛けは、まだその半分が残っていた。しかし、死んだからといってやめてしまえば、空から母が見ているようで、やめることはできなかった。いや、むしろさやかは死んだ母と向き合うことで心のバランスが保たれ、安らぎを感じることができたのだ。その頃には、経もほとんど覚え、神占も大法から手ほどきをうけるほどになっていた。

仏の懐のなかで

母が亡くなっても、当然のことながら日々の生活は続いていった。そしてさやかも、マンションの管理人生活にもすっかり慣れ、経営のほうもまずまず順調だった。そこで、隣の空き地にもう一棟、マンションを増設する計画を立てた。

翌年、四階建て、十八世帯のマンションが完成。そのため、さやかの日常はこれまで以上に、それこそ目が回るような忙しさになった。夫の孝雄は自動車のセールスマンとして働き、それだけで手一杯。庭の草むしりからペンキ塗り、障子の張り替え、苦情処理まで、経費節約のため、すべてがさやかの肩にかかっていた。

そんななか、以前から体調を崩して順天堂大学附属病院に入院していた義父が亡くなった。そのため長男の夫は膨大な相続税を払うことになり、遺産分けも面倒が多かったが、気のいい孝雄は、もめたくないと弟の良雄の言いなりに判を押した。

義母が一人になってしまったため、古い家を建て直し、そこにさやかたちと同居することになった。やがて、家庭菜園を入れると五百坪もある敷地内に百坪の家が完成した。さやかの気のすむように掃除をするには、半日あっても足りないほどの大きな家だった。しかし、庭に作った枯れ山水はさすがに素晴らしい。孝雄は庭園に、二千万円もかけたのだ。さやかにしてみれば、今まで住んでいた十五坪の狭いマンションのほうがよほど気が休まったのだが。

*

昭和五十二年二月。その日は朝から小雨が降り、外は薄暗く、寒さが身にしみたが、さやかの心は晴れやかだった。三年前に始めた千日の願掛けが満願になる日なのだ。仏と母への約束が果たせたことに、さやかは感無量の思いだった。

早朝いつものように寺に赴くと、大法からねぎらいの言葉をいただき、この世に生をうけた意義を深く思った。思い起こせば、雨の中、風の中、雪の中を歩いた日々、娘たちにも三年間、一泊の旅行にも連れていけず、寂しい思いをさせた。さやかの胸には次から次へと過ぎ去った日々が去来した。

大法もさやかの一途な思いを受け止めて、三年もの長いあいだ、朝早くから道元の教えを説き、お経や回向の仕方、座禅、神占、気学などいろいろ教えを授けてくれた。さやかは深々と頭をさげ、感謝の言葉を伝えた。

そして、頭を上げた時、さやかは、着物姿の女の人影がするすると廊下を行くのを見た。問えば、大法も見たという。

「どなた様でしょうか?」

大法が声をかけたが、本堂にはさやかとふたり他には誰もいない。

するとそのとき電話が鳴り、檀家の奥様が亡くなったとの知らせが入った。細身の体にいつも上品に和服を着こなし、歩く姿は、日本的な女性でもの静かだったと聞かされ、またビックリ。本堂をしずしず歩いていた人影とピッタリ。急にはだざむく寒い。

こんなことがあるのだろうか? しかし、さやかには、母の病室の前で亡くなったじいちゃんを見た時から、何か霊の存在を信じる気持ちがあったので、あまり気にならなかった。それに、大法との付き合いのなかで、妙に神経が研ぎ澄まされていると感じることもしばしばで、たとえば夢で見たことが現実になったりと、その頃、不思議な経験をすることが多かったのだ。

その日の帰り際、大法から満願の祝いにと食事に誘われ、さやかは有り難くお受けし後日の約束をして、本堂を後にした。

そして、その足で母の墓前に向かった。寒空に『夢静』と彫った墓石が、なまり色の空ととけ合うようにみえる。今日も静かに母は、私を向い入れてくれる。ゆっくり歩く足どりだが、心はすでに母のふところに飛び込んでいった。母を亡くした父は、この世は無情だと嘆き悲しみ、生きているこの世は夢の世界、夢の世界で妻静とともに生きた日々を夢静とし、それを無情とひっかけてもいて、墓碑に刻んだのだった。母がこの世を去ってからというもの、父は周囲が気をもむほどの落ち込みようで、部屋じゅう涙を拭うティッシュで三年間畳の見えない日々を過ごしていたほどだった。

さやかは心をこめて『夢静』の墓石に水をかけた。御影石が水に光って、まるで鏡のようにさやかの顔を映し出し、さやかはそっと冷たい石を両腕に抱え、母の住む大空を見上げてみた。冷たい風が塔婆をガタガタと揺らし、「私はここヨ」そう言う母の声が聞こえたような気がした。

*

大法との約束の食事会は昼食をかね、料亭の一室で行われた。目立たぬよう、その日大法は法衣ではなく洋服を着ていたが、香の香りだけはそこはかとなく漂い、衣を脱いでもどことなく坊様に見えた。

年齢は三十四歳のさやかより十九歳も上だが、年の差など感じないほど、仏のこととなるとなぜか二人は話が弾んだ。さやかは大法の前にいるとすっかり安心した気持ちになり、解放感を味わうことができた。あのとき、近藤の家を飛び出した後のお礼参り以来、すでに十数年の歳月が流れていた。

食事は終わったが、さやかと大法はまだ話し足りないような心持ちで、どちらからともなく誘いかけてドライブに出かけることになった。昼下がりの武蔵野のあちらこちらに車を走らせ、車の中でも、大法とさやかの話は尽きなかった。

そして、夕暮れ近くになると、もう家に帰らねば……とソワソワするさやかに、大法は、ためらうように口を開いた。

「もう少し、もう少しだけ、一緒に過してもらえんかナァー」

さやかはチラリと大法の思いつめた顔を見ると、断れそうにもないと感じ、

「そうねエー、あと三十~四十分位ならなんとか」

と口ごもった言い方をした瞬間、ハンドルをグルグルときりかえ、もときた道をスピードを上げて走った。

春はすぐ。ガラスごしの日はほんわか暖かく、揺れる車はここちよい。ずうーと、こんなやすらかな気分でいたい。そして、坊さんに抱かれりゃ、なお最高なんて、不謹慎な気持ちをいだくのはなぜだろうと思いをめぐらせると、車は大きくカーブして、先程通り過ぎたホテルの門をくぐり抜けた。しかし、それは男とか女とかいうことよりも、もっと自然な、成り行きの中での出来事だった。さやかにとって、大法との交わりは、まるで仏にいだかれているような、言いようのない安らぎをもたらすものだったのだ。

とはいえ、事実は事実であり、もちろん夫には後ろめたさがあった。だから、さやかはその分、身を粉にして働き続けた。どんなに嫌なことがあっても、怒りたいときも、泣きたいときも、わざと楽しそうに、平気な顔をしてやり過ごし、体を動かした。それが多少不自然に映ったのだろうか、妹のチンちゃんからさやかは、そのころ流行っていたウルトラマンにひっかけて〝ワザトラマン〟というあだ名をもらうほどだった。

その後も人目を憚るような大法との密会は続いた。そして、そんな日々の積み重ねのなか、生真面目な大法はさやかにのめり込むようになっていった。妻のどこが物足りないのか、さやかのどこに惹かれたのかさやかにはわかりかねたが、今ではさやかにとっても大法は必要な存在だった。

あの高校生時代の悪夢、月態との事件以来、さやかは男女の交わりにはひどく淡白になっていた。とにかく、男の〝事〟が済めばそれでいい。男はわずらわしいだけだった。もちろん、夫に対しても同様で、ずっとそんな気持ちから抜けることができないでいたのだが、大法とはそういった肉体的なものよりも、もっと精神的な喜びのほうが大きかった。ただ一緒にいるだけで、さやかはすべての苦悩から解き放たれる思いだった。さやかにとって大法は癒しそのものだったのかもしれない。

そうやって一年はあっという間に過ぎていった。そして、ちょうどその頃、さやかの生活を大きく変えることになるあの事件が起きたのだった。

＊

その日、新聞には隅田川の花火大会の記事が載っていた。さやかは記事を読みながら、あの大きな花火が夜空にパッと開いて、パッと散っていく様を頭に描いた。花火は小さなころから大好きだった。桜もいい。パッと咲いてパッと散る。さやかはそんなことを考えていた。

そこへ玄関のチャイムが鳴った。時計を見ると、夜の八時を過ぎていた。こんな時間に誰だろう、そう思いながらドアを開けると、憔悴しきった姉の愛子の顔が電灯に照らされ白く浮かんでいた。咄嗟にさやかは嫌な予感を抱いた。さやかの嫌な予感はたいていいつも当たる。

とりあえず居間に上げお茶を出したが、姉はそれには手もつけず、さやかと夫の孝雄を交互に見ながら、ポツリポツリ言いにくそうに話しはじめた。

実は、順調だった青果店を人の勧めもあってミニスーパーにしたのはいいが、予算が何千万円かオーバーし、しかも、悪いことに、毎日の売り上げが大幅にマイナスで、にっちもさっちも行かない状態。このままやっていたのでは、借金だけが残ることになる。そこで、さやかの夫にスーパーを買い取ってもらえないだろうか、というのだった。

そんな話はとんでもない、とさやかは思った。たとえ姉のためとはいえ、スーパーを買い取るなど大反対。近藤家は商売とは無縁だし、夫はずっとサラリーマンをやっているのだ。いくら旧家で金があるとはいっても、お門違いもはなはだしい。しかも、姉夫婦の仲はこの頃あまりうまくいっていないらしいではないか。そして何より、姉がなぜこんな相談を自分のところに持ちかけてきたのか、さやかは理解に苦しむくらいだった。このときのさやかの疑問は、それから何十年かのち、理由が明らかになるのだが――。

しかし、大反対のさやかを尻目に、孝雄のほうは、少し考えさせてほしいと答えた。姉は肩を落とし帰っていった。

「わたし、絶対に商売はいやだよ。やらないで。もし、やったら離婚するからね」

脅すように夫に言った。

しかし、夫は数日後、さやかの反対も虚しく、スーパーをやると言いだした。せっかく出世コースに乗っていたサラリーマンを辞めて、スーパーの経営者になることを、孝雄は選んだのだった。

夫は全財産を失う。さやかはそう直観した。しかし、孝雄にしてみれば、話を聞いた以上姉を助けなければならないと思ったのか……ということは、それほどさやかのことを深く愛していたということか……あるいは、経営者として成功したいという夢と野心のなせるわざか……

さやかはいろいろに考えたが、承諾した時に夫婦で約束をした。成功すればよし、もし失敗しても絶対に人のせいにはしないこと、というものだった。

スーパー経営など、何となく先は見えているような気がしたが、それでもさやかは協力を惜しまなかった。スーパーの中に入っている肉屋、魚屋、八百屋、何でも手伝った。しかも、夫は姉のところだけでなく、マンションの目の前にあった二百坪の空き地にもう一つスーパーを開店させた。

孝雄の知人で以前魚屋をやっていた哲ちゃんを専務として迎え、社長である夫も懸命、哲ちゃんも片腕として一生懸命頑張ってくれた。しかし、所詮素人のやることなのか、売り上げはなかなか伸びなかった。雨が降れば、雨だれのような夫のため息ばかりが聞こえる日々。

「やっぱりスーパーなら大型店だよな」

そう言って、さらに新たな計画を孝雄は口にした。

さやかは、もうついていけないと思った。

朝、娘たちを学校へそれぞれに送り出し、朝食もそこそこに目の前に建つスーパーに向かう。さやかの担当部署は決まっていないが、パートが休んで穴のあいたところに入るのが通例となっていた。肉、魚、野菜、仕出し、何でもこなしたが、苦手なのは魚部門だ。食べるほうは肉より魚が好きなのだが、触るとなると……。しかし、長靴にはき替え、冷え冷えとしたバックヤードに入る瞬間は、気合いを入れる。笑顔を作って「おはよう！」

売り上げが伸びるように、山積みのパックをこなし、必死で働く。売り上げが上がらず機嫌の悪い夫の顔は見たくないからだ。

翌日の天気予報を伝えるのもさやかの日課の一つだった。商売では天気が大きくものを言う。テレビや新聞の予報欄に目を通し、それをいろいろに分析してさやかなりの予報を出すのだ。それがなかなかの的中率だった。なにしろ、雨の降る前になるときまって頭が痛くなり、そうなるとかならず翌日は雨が降った。もっともこれは、さやかだけでなく、母も姉も同様の、いわば遺伝体質のようなものではあったが。

＊

大法との逢瀬が続くなか、実はさやかは満願終了後も、早朝寺に通っては経を読むことだけは続けていた。

そして、その日もいつものように本堂の扉を開け、各所に線香を手向けていたのだが、いつになっても大法の姿が現れない。これまで一度としてこんなことはなかったが、さやかとしては家人に尋ねることもできなかった。寺の人たちは大法とさやかの関係に気づいており、家の中が険悪になっていることはさやかも知っていたのだ。

さやかはこっそり裏庭にまわってみた。すると、いつも駐車してある大法の愛車がない。突然さやかの胸は動悸がして、ひどく心が動揺した。すがすがしい朝が一気に、なにやら暗雲が立ち込めたような怪し気な雰囲気に変化して、胸騒ぎを抱えたまま、さやかは家に戻った。

しばらく寺に行くのはやめよう。次の日から、大法の妹が心配し、一緒にさがし歩いてくれた。初めて旅した箱根の宿。電話帳でさがした占い師に見てもらう。人の弱身につけこみ多額の金を要求する女占師。しかしわかった事は何もない。眠れぬ日々を過ごした。

そして八日目、さやかの元に、なんと大法の奥様から電話が入った。

それによると、大法は、自分の将来を考えたい、ついては七日間旅に出たいと言って家を出たが、約束の七日を過ぎても帰って来ない。

「それで、あなた様のところに、大法から何か連絡はなかったでしょうか?」と言うのだった。

逆に尋ねられてさやかはびっくりしたが、返す言葉はなかった。

そして、その翌日、昼過ぎにまた電話が鳴った。受話器を取ると、今度は当の大法からの電話だった。が、あまりに弱々しい声。

「もしもし、わしだ……明日帰る」

その声にさやかはただならぬ気配を感じ、翌日、教えられた旅館に車を飛ばした。着いたところは、偶然にも少女の頃、若葉に背負われた土手のすぐ近くだった。一瞬、さやかの胸に甘酸っぱい思いがよみがえり、あたりの景色がセピア色に見えたような気がしたが、さやかは立ち止まりたい思いを振り切って、急ぎ足に大法のいる旅館に向かった。

恐る恐るドアを開けて、一目見た大法は、不精ヒゲもそのままのげっそりやつれた姿をしていた。その様子にさやかは不安を感じ、胸の鼓動が速まるのを感じた。とにかくお茶でもいれよう、そう思い、あわててテーブルの近くに腰をおろして急須にお湯を注いだが、湯滴が手にはねても、熱さをまったく感じないほど気が動転していた。

「ぼくと一緒に家を出て、遠くで暮らしてもらえぬか」

ぽつりと言われた言葉の意味さえすぐには理解することができないほど、さやかの心は慌てふためいていた。そして、もう一度、大法の言葉を心のなかで反芻してみる。なぜ、そこまで追いつめられたのかと、それ以上の言葉を聞くのが怖くなった。

大法は、さやかの返事を聞くまでは寺に帰らぬと言う。

「寺をとるか、女をとるか、答えを出すよう家族に決断を迫られておる。わしなりに一週間考え、結論を出した。おまえを選び、寺を捨てる」

そう話す大法の目を見れば、その真剣さがよくわかった。

しかし、さやかにすれば、まさに青天の霹靂。頭の中で、二人の娘たちの笑顔が線香花火のようにパチパチと愛くるしく輝き、点滅した。

「いますぐにお返事はできないわ。しばらく時間をください。かならずお返事は致しますから……」そう言葉を返すのが精一杯だった。

「今日は、とりあえず寺に戻ってください。お送り致します」

「ああ、わかった。そうしようナ」

そのときの大法は何かを吹っ切ったような安堵した顔になっていた。

しかし、さやかの心は乱れに乱れた。なんというむごい決断をさせるのか。あんなにかわいい娘たちを手放すことなどできない！　なぜ「おまえとは別れる」と言ってくれなかったのか。大法を憎みたい気持ちにもなっていた。

さやかは運転しながらも、どこをどうやって走っているのか、わからないほどだった。ようやく見覚えのある橋に出た。日野橋だった。そういえば、母の死んだ日にもこの橋を渡った。あのときの空には、朝焼けのピンク色をした雲がたなびき、雲間から太陽の光がもれていた。それは、階段のように地上に降り注ぎ、まるで荘厳な母の姿そのもののような光だった。しかし、いま渡る橋の向こうは、黒々とつづく稜線の上に鎮座する真っ赤な夕日。幾重にも重なるくれないの雲を左右に従え、すべてのものを包み込み、ひと飲みにして、姿を消す。龍王の姿を見たような戦きを、さやかがそのとき感じたのは、夫への裏切り、愛の寛大さをもつ夫への背信を意識したためだったろうか。

その夜は家族の顔をまともに見ることさえできないさやかだった。

「しばらく時間をください」大法にそう言ったが、いったいどうなってしまうのか。自分の進む方向さえはっきりしないまま、しかし、日々の生活は否応もなくまた始まった。

そして、返事を留保してから、数週間がたった頃——。

夫はついに大型店舗出店を決断した。それはさやかにとって、信じがたいような決断だった。まるで奈落の底に突き落とされた、それほどのショックだった。いまの店だけでもこんなに大変なのに……。

そのことが直接の引き金になったのかもしれない。さやかは、悩みに悩み、考えに考えた末、家を出ることにした。大法のさやかを思う心、大法の決意に報いてやりたい、そんな気持ちもさやかには確かにあった。

死んだものと思ってください——書き置きを仏壇の前に置き、何も持たず体一つで家を出た。しかし、その日のことは、あまりに動揺していたせいか、さやかははっきりとは覚えていないのだ。ただ、夕食のためにマーボー豆腐を作ったこと、ちょっと覗いたときに、次女の美奈子が静かに本を読んでいたこと、それくらいのことしか思い浮かばない。

家の者に気づかれないようにと、胸の高鳴りを抑えつけながらそっと玄関の戸を閉め、一目散に大法と待ち合わせの場所に車を飛ばした。涙が止まらず、生木を裂かれる思いとはこのことかとさやかは思った。後ろ髪がいつまでも引かれて、どうしてもほどけない。それなのに、なぜ……？　なぜ、大法の元に走ったのか？　娘たちと別れることはできない、となぜあのとき言えなかったのか？　さやかは今でも時々考えるのだが、そのときの自分の気持ちがいまだに、どうしてもわからないのだ。

ただ、多くの人に迷惑をかけ、悲しませ、苦しませ、二度と顔向けはできない、という思いはあった。そして、尼になる決心はそのときすでにできていた。

大法はゴルフバックを担ぎ、約束の場所でさやかを待っていた。行き先は、占いによって方角はすでに二人で決めてあったので、迷うことはなかった。後ろは振り向かない。大法と話し合った結果の誓いだった。

＊

大法とさやかが向かった先は、静岡県沼津市。二人はそこに手頃なマンションの一室を見つけ、居を構えた。そして、生活のため、大法はその部屋を〝大悲閣〟と名づけ、そこで神占を始めることにした。

さやかは宣伝のため紫色のチラシを作り、方々に配って歩いた。そのかいあってか、さっそく翌日から一人二人と依頼者がやって来た。間もなく、よく当たるとの評判は口コミで広がって、大法の占いはすっかり有名になっていった。

どこにでも悩める人は大勢いるものだ、さやかはあらためてそう思わざるをえなかった。けして、悩める人の弱味につけこむ事は絶対しない。心から受けとめ、励まそう。そして、新しい依頼者がやって来るたびに、自分が初めて大法の寺を訪ねた日のことを思い返す、そんな日々の連続だった。


沼津に落ち着き一ヵ月も経った頃、さやかは以前から考えていた剃髪を大法に申し出た。

しかし、「髪は切るな」大法は強い口調で反対した。

それでも、さやかの思いは真剣で、思いあまってとうとう近所の床屋に駆け込んだ。

「坊主にしてください」

きっぱりと言った。

「坊主って、髪を全部落とすんですか？」

床屋の主人は目を丸くする。

「先代から床屋をやっていますが、まさか、女の人を坊主にするのは初めてだねエ」

「すみません、急ぎますので」

一刻も早く終わらせてしまいたかったので、さやかはそう言うと、目をつむり、じっと動かなかった。やがて床屋の鋏がさやかの髪を切り落とし、その歯切れのいい音を遠くにぼんやり聞きながら、さやかの頭の中では、これまでの人生が回り灯籠のようにぐるぐるとよみがえっていた。幼かった日、あの青桐の木の下でチンドン屋と言われて泣いた日のこと。母の死。そして、娘たちとの別れ……。

「はい、どうぞ」肩を叩かれ、我に返ったが、鏡は見ずに椅子を立った。

「なかなか似合いますよ。頭の形がいいですよ」

その声に押されるように店を出て、無我夢中で家まで走った。大法は見るなり、

「よし、わかった」とひとこと言った。

仏間にさやかを座らせて、読経をし、それから剃刀を当てて青々とすり上げてくれた。静寂の中、床の間に飾られた大小の日本刀が冷たく光を放って、その先が鋭くさやかの心を突き刺した。この日本刀は、二人で出奔したときに大法が担いでいたゴルフバックに入っていたもので、大法はそのとき六本もの日本刀をそこに忍ばせていたのだと、さやかは後になり教えられた。その刀の鈍い輝きを見ていると、まるで聖職者としての信義を問われているようで、さやかは自然身が引き締まる思いだった。大法はさやかに〝瑞光〟と命名した。

二人の生活は、互いに世捨て人のように身をひそめたが、大法は幼子のようになにくれとなく、さやかの世話を焼く。魚を焼けば、骨を一本一本とり皿にのせ、見たいテレビは赤線で囲い、風呂を掃除し、湯加減を見、時間がくればお茶を運ぶ。

月に一度のアンネの日が終れば、汚れたパンティーを洗った。「さやか血はなァ、お湯で洗うと落ちんぞ。水で洗った方が良く落ちるんだ」と言って、干すのである。見ているだけで気恥ずかしくなる。

線香の香りがたえまない部屋で、ひとときも離れぬ時が流れた。

その後、二人の坊主頭はすぐに近所でも有名になり、そのおかげか〝大悲閣〟は大勢の客で賑わうことになった。

しかし、さやかとて、頭を丸めてみたものの、娘たちのことをすっかり忘れられるわけもなく、何とかして残してきた家族のことを振り切らねば、新しい生活に馴染まねば、と必死の思いだった。大法の姿が見える時はまだいいのだが、目の前からいなくなったとたん、それと入れ代わるように娘たちの顔が現れて、それは亡霊のように幾度となくさやかの前を行き交った。そんな幻影との闘いは、まるで修羅の日々にも等しく、さやかは何とかそれに打ち勝とうと歯を食いしばった。

やがて季節は冬を迎えた。そんなある夜のこと。さやかは、ふと大法はいま風呂に入っていて、何をしてもわからないのだ、と思った。そして、いったんそう思ってしまうと、もう次の瞬間、さやかは電話機を抱えてコタツの中にもぐり込んでいた。赤外線に赤く照らし出される電話機。受話器をはずし、ダイヤルを回す。しかし、指先が震えていて何度も間違えた。

やっとかけることのできた電話の呼びリンの音、その何度めかで誰かが電話に出た。

「もしもし」

姉愛子の声だとわかったが、さやかは何も言葉を発することができなかった。

「もしもし、もしもし、どなた様？」

電話の向こうから、姉の甲高い声が、長いコードを伝わってくる。必死に涙をこらえるさやか。狭いコタツの中に丸まっているせいもあり、胸がさらに苦しかった。そして、大法がいつ風呂から上がってくるかとヒヤヒヤしながら、さやかは相変わらず声を出すことができない。

しかし、感の鋭い姉は、すぐさま、

「さやか？　さやかなのね。どこにいるの？　今何してるの？　子供たちはどうする気なの？」

矢継ぎ早に詰問する。

「わたし、元気だから……また電話する」

やっとそれだけ言い、電話を切った。

が、大法の「決して電話するではないぞ」という言葉を裏切った。その思いがさやかの胸を一層重くした。

幸い、大法に知れることはなかったが、禁じられていた一本の電話をかけたばかりに、その後、事態は大きく変化することになった。

それから一週間もたとうかという頃、なんと長女の由香里からさやかの元に電話がかかってきたのだ。受話器を取り、絶句するさやかの耳に、娘の不安に満ちた、哀願する声が小さく届く。

「お母さん、来週の日曜日、そっちに遊びに行ってもいい？」

天と地とが一瞬にして入れ代わったような驚き、まるで百メートルを全力疾走した後のような胸の動悸、そして涙があふれて止まらなくなった。

電話はすぐに大法が代わり、長いやりとりが終わった後、

「来週来ることになったから、一緒に駅まで迎えに行こうヨ」

大法のやさしい言葉に、気の動転していたさやかの気分もいくらか楽になった。

が、それにしても、なぜここの電話番号がわかったのだろう？

それはずっと後になってから、妹のひとみに聞かされて初めて知ることができたのだが――。

「お姉ちゃん知ってた？　さやか姉ちゃんがいなくなったとき、すごい騒ぎだったんだよォ。お寺からはいろんな人がやって来るし……。そのとき、電話に逆探知機を取りつけてネ。そう、

探偵を頼んでいたんだよォ。まるでドラマを見ているようだったよ」

そう言って、妹は肩をすくめてみせたものだった。

娘たちとの約束の日曜日。沼津の駅まで車を走らせながら、さやかの胸は激しく動揺していた。どんな心で娘たちを迎えればいいのか？　あれこれ思いあぐね、全身がコチコチに緊張して、横に大法を乗せた車中は言いようのない空気に包まれた。

北風が吹き抜ける人気もない沼津駅のプラットホーム。アルプスの山々を連想させるほど頬に刺す風は冷たく、さやかの心を押しつぶしそうだった。

やがて電車がゆっくりとホームに滑り込む。車窓からちらりと見えた娘たちの横顔。ドアが開いて、ホームに降り立つ二人は、長い髪を頬になびかせ、まるでアルプスの少女ハイジのような愛くるしさ。さやかは頭がカアーッと熱くなり、目から涙があふれ出た。由香里十三歳、そして美奈子は十一歳。

「ごめんネ」

声にならない声でさやかは言い、やっとの思いで手を伸ばして娘たちの髪を撫でた。

が、大法はその光景をどんな思いで見ているのか……そう考える心もさやかの片隅にはあった。

しかし、坊主頭にネッカチーフを巻いている母を見て、下の娘は一瞬身構える恰好になり、一言の言葉も発しない。何かをあきらめたのか、母を軽蔑しているのか、娘の心さえ汲み取れぬほどさやかも興奮していた。

そして、久しぶりの母子の一日は、それこそあっという間に終わり、駅まで見送る辛さにさやかの中で自問自答が続いていた。鬼にでも、大鬼にでもならなければ、別れなどできない。

「お母さん、帰ってきてネ……」

別れ際、娘のどちらかがそんな言葉を言ったか、どうだったか、頭の中が空白になっていたさやかには記憶がない。娘たちの心にも、さやかの心にも一生忘れられないシーンであるには違いなく、そのとき愚かな母は、鬼よりも、牙をむき出した般若の顔だったかもしれない。

そして、これをきっかけにその後、さやかの意思とは無関係に、日々の生活が大きく変わることとなった。娘たちの懇願もあり、三日おきに沼津と東京を往復することになったのだ。

東京に出かける時には、大法は寂しさと、高速道路を走るさやかを気づかい不安顔。家に着くと、夫と子供たちの喜ぶ顔。しかし、三日を過ぎると、出発する母に「また、帰ってきてネ」、「車に気をつけろヨ」という娘と夫の声を背に、気が狂うほどの心を振り切って、時速一五〇キロで車を沼津に走らせた。そして、大法の元に帰り着くと、安堵した大法の顔が待っている。さやかが風呂に入れば背中を流し、魚を焼けば骨をとり皿に取り分けてくれる。それでいくらか身も心も安らぐことになるのだが、たしかに不安定な日々だった。

精神的にも肉体的にも、さやか自身クタクタになってしまった。大法もそんな生活に疲れてしまったのだろうか。

ある日、いつものように東京から沼津に帰って来ると、駐車場から見上げる窓に灯りがついていないことにさやかは気づいた。咄嗟に嫌な予感が全身を突き抜けて、慌てて部屋に向かいドアを開けると、なんとそこはもぬけの殻。ゴミ一つ落ちていない部屋に、ぽつんと一つ白い封筒が電灯に照らし出されて、そのとき、さやかはすべてを飲み込んだ。

封筒には小さな紙きれ一枚。八百万円の小切手だけ。別れの言葉も何もない。こんな事ありかョォーと、その場にヘナヘナと腰が抜けたように座りこんだ。涙もため息も思考能力も失せ、ただ意識が混濁し、その場に体を横たえた。しばし空の一点を見続け、やがて夢遊病者のように、夜ふけの町を歩く。行き先は、なにくれとなくさやかを気遣い、親しくなった佐藤さん夫妻。さやかの話を聞いてびっくりした夫妻は、少し興奮気味に、明日三人で捜すことを約束してくれた。

大法が消えてしまった。その夜、さやかはあらかじめ捜す方角を神占で占っておいた。翌日、佐藤さんに頼んでそちらの方角を車で走ってもらい、目を皿のようにして、次々と走り去る景色を凝視する。

と、こぢんまりした三階建てのマンションが目に入った。さやかはそれにピンときた。

「佐藤さん、ゆっくり走って」

血走る目を開いて——、

「見つけた！」

さやかが叫ぶと、後ろの座席の奥さんが、「どれ」と言って身を乗り出してきた。

「あれ、あれヨ。あの洗濯機、わたしのヨ、あのグリーンの洗濯機」

「でも、同じ洗濯機なんていっぱいあるら（あるじゃない）。ねえ、お父さん？」

「そうら（そうだなあ）」

「いいから、行って、行って」

車をマンションの前にとめ、三階の部屋に向かう。途中、並んでいるポストの名札を確認したが、そこには何も書いてなかった。三人は階段をいっきに駆け上がり、目的の部屋の前にたどり着くと、チャイムを鳴らした。すぐに反応はなかったが、しばらくして、ドアが少し開いた。隙間から覗く目とこちらの目が合った瞬間、互いに息をのむのがわかった。佐藤さんは大法がドアを締めてしまう前に、とっさに右足をドアのあいだに差し入れた。

「理由を言ってもらおう」

荒々しい声で詰め寄った。大法はあきらめたように静かに錠を外すと、三人を部屋の中に入れた。部屋を見て、さやかはまた驚かされた。なんと、持ち出した家具がそのまま以前の部屋とまったく同じように並べられているではないか。さやかはその場にしゃがみ込み、ただ泣きじゃくるばかりだった。坊主頭を包んだネッカチーフは、伸びかけた髪がしっかりスカーフを固定して嗚咽に揺れても滑り落ちてこなかった。

大法はかがみ込み泣き続けるさやかの背をさすりながら、しかし一言の弁解もしない。いや、できなかったのかもしれない。そもそもこれだけの事を、大法一人で行動に移すことなど不可能だとさやかは思った。大法の性格ならよく知っていた。ならば、東京から奥さんを呼び寄せているのか？　直観は当たっていると思ったが、口には出さなかった。

翌日、大法はもう一度引っ越し屋を頼み、沼津の元の大家には話をつけて、以前の生活に戻ることになった。そして、さやかもそれ以後、東京に行くのはやめた。わたしがふらふらした気持ちでいたから、こういうことになったのだ、そう考え、それからはさらに気学の勉強に熱を入れることにした。

*

大法も再び落ち着きを取り戻し、そして一年という月日が過ぎた。さやかの気学の腕もだいぶあがったと思われるそんなある日のこと——。

見知らぬ一人の客人が早朝に大法を訪れて、長い時間仏間から出てこなかった。ようやく客が帰り、仏間を覗くと、そこには浮かぬ顔の大法がいた。

何も尋ねることができないまま、しかし、大法の沈んだ様子が気になったさやかはその理由を密かに一人占ってみた。これは大変だ、占の結果にびっくりしたが、そのとき大法のさやかを呼ぶ声がした。

「今日来た客は、寺の檀家総代だ。寺に戻らぬと大変なことになると言われたが」

それだけ聞いて、さやかはもう観念した。

「しかし、瑞光が帰るなと言うなら、帰らない。瑞光の言うとおりにするから、答えなさい」

観念したと思っても、こんなふうに決断を迫られると今更ながら迷いが生じる。どうしたらいいのかわからなかった。しかし、大法が帰りたくなければ、総代の人に直接自分でそう言うだろう。わざわざさやかの耳に入れるはずはない。

「帰らねばならぬ理由があるのなら、お帰りください。それが大河の流れでございます」

必死で涙をこらえて、それだけ答えた。

一年前の大法の失踪事件以来、いつかはこういう日が来るのだということは、さやかにも何となくわかっていた。これまでいくつもの試練を乗り越えてきたさやかだった。だから、これからだって乗り越えていけるはず。それに、わたし自身、多くの人を泣かせてきたのだから……。

結局、大法はさやかの言葉を入れ、寺に戻ることになった。が、自分のために家庭を捨てたさやかを一人残していくことは心のやさしい大法にとって、口には出さないものの、身を切られるような辛さがあったに違いない。さやかは、だから、せめて大法との別れの日までは精一杯楽しそうに振る舞うことにした。大法を心配させたくなかった。そして、朝夕の読経のとき、さやかは決心を固めていった。別れたら、もう二度と大法には会わないと。

「おまえにはオレのすべてを伝えた。一人前に神占ができると思うから心配するな。一足先に行くが、後から、決めた場所に来い」

別れの朝、大法はそう言い残し、さやかは名刀の一太刀を授かった。互いに涙はなかった。よく晴れた空には雲ひとつない。大法は墨染の衣を身にまとい、ここに来たときと同じようにゴルフバックを担ぎ、衣を風になびかせ去って行った。

ぽっかりと穴の空いた心を香の香りが埋めてくれる。部屋に戻り、その場にヘナヘナと座り込む。身を八つ裂きにしてもなお、身悶えする。煩悩にさいなまれた逃避行も、蜃気楼のようにユラユラと遠くで揺れ、はかなく消えて去って行く。

それまでためていたものを吐き出すように、さけび狂い、大声で身を震わせ、泣き崩れ、薄暗くなるまで仏間から出られなかったが、〝大悲閣〟に悩める客は、それからもチャイムを鳴らしてやって来た。さやかはタオルを顔に当て、気分を切り替え、相手をしなければならなかった。

しかし、一週間もすると、多少は落ち着きを取り戻し、さやかは、ここで神占をやって生きていこうと決心した。幸い、佐藤さん夫妻をはじめ周囲に友だちもでき、食事に招かれたりと、この場所に馴染みはじめてもいた。

＊

しかし、そんな決心も、ある朝、何の前触れもなく、姉の愛子と夫の孝雄がやって来ることによって覆されることになった。大法が寺に戻ったことを知ったためか、あるいは一年も家に寄りつかなかったためか、二人は部屋に上がりこむと、さやかと「帰れ」「いや、帰らぬ」の押し問答を延々と繰り返した。そして、夫は「すべて水に流すから戻ってくれ」と執拗にせまる。

その日はそのまま帰ったものの、翌日になると夫は一人でまたやって来た。そして次の日も次の日も、さやかが帰るというまで、孝雄はそれをいつまでも続けそうな気配だった。

結局、話し合いの中で、子供をダシにする夫にさやかは負け、ついに連れ戻されることになった。大法と出奔してから一年数ヵ月が過ぎ、そのとき、さやかは三十七歳。

しかし、さすがにまたぐ敷居は、エベレストのように高く、万年雪が冷たく光り、まぶしさに足がすくむ。頭にはネッカチーフをかぶり、姉に連れられしぶしぶ義母の前に座らせられた。上目づかいに義母を見ると、その顔は引きつっている。しかし、声を荒げることもなく、ただ無言。隣で姉が、頭を下げろと合図を送ってよこすが、なぜか頭は下げたくなかった。自分はまたこの家をでる、そんな予感がさやかの身をかたくこわばらせる。

娘たちとの再会には胸がつまったが、あのとき、駅のホームでじっと母を見つめたまま何も言わなかった次女の美奈子が、

「お母さん、頭どうしたの?」

このとき初めて、真剣に聞く姿に苦笑いでごまかし、「外国ではやりのスキンヘッドだヨ」とおへだらの(いいかげんな)返事をする。「へぇー、スキンヘッドって坊主の頭なのか?」と妙に納得した顔をするのである。

しかし、戻ってはみたものの、坊様と駆け落ちした嫁だという噂は、街じゅうはるか彼方にまで轟き渡っていた。さやかが通りかかると、人は立ち止まり、好奇の目でさやかを見つめる。さやかはひたすら耐えるしかなかった。

家の中はしらっとして、溝が深まっているのは明らかだが、みんなが気をつかってくれているようで、かえって気が休まらない。さやかは、自分の居場所がないと思った。おまけに、

「姉さん、姉さん」と慕ってくれていた義弟の良雄が、「なぜ戻ってきた」と玄関先にドスンと大きな石を投げ込むという事件まで起きた。

夫に離婚を申し出ても、「絶対に別れない」の一点張り。さやかは何をする気力も起きず、坊主の頭にスカーフをかぶり、ひたすら髪が伸びるのを待つだけだった。

それでも三ヵ月もすると、なんとかスカーフなしで外を歩いてもおかしくない程度に髪も伸びた。それを機に、さやかはない気分を奮い立たせるつもりで、以前からやってみたいと思っていたスナックの経営を考えた。ちょうど売りに出ていた二十五坪ほどの手頃な店舗を見つけ、それを夫にねだった。初めはまったく取り合わなかった孝雄も、最後にはしぶしぶ承諾せざるをえなかった。夫にしてみれば、離婚になるより、スナックでもやって気をまぎらわしてくれるほうがいいと思ったのかもしれないが、反面、水商売などやって、また心配の種が増えるだけかもしれないとビクビクしてもいたようだ。

娘たちは由香里が十五歳、下の美奈子が十三歳、それぞれ中学三年と一年だが、さやかの心配とは別に、素直で勉強好き。思春期のむずかしい年頃に、母親の出奔を経験したにもかかわらず、すくすくと育ってくれた。さやかは自嘲ぎみに思った。親は奔放で子供は実直――。

＊

スナックの開店は、昭和五十五年七月七日、七夕の日になった。店内の装飾は落ちついた雰囲気に仕上げ、女の子たちもさやか自らが面接して、美人をそろえた。開店の日には、さやかのアイディアで店内に七夕を飾り、お客様に短冊に願い事を書いてもらうことにした。

早朝、義兄に電話を入れると、昼前には、ワッサ、ワッサと竹を肩にかつぎ店に持って来た。うす暗い店内は、笹の香りが新鮮な空気を満たし、一足先に結わえつける短冊が、華やかさを増す。きっと今日は、にぎやかな一日になることまちがいなし。

その夜、さやかの思いどおり、客の入りは上々。そして、店は順調に繁盛していった。

新たな生を求めて

その日は夕方から小雨がぱらつき肌寒い日だった。灯を入れたばかりの静かな店内にチリンチリンと、ドアにつけた鐘が鳴った。

「いらっしゃいませ」

黒のロングスカートを指先でちょっとつまみ、足早にドアに駆け寄る。常連客の平野だった。

「あら、お久しぶり！　雨の中嬉しいわ。さあ、どうぞ、どうぞおかけになって」

さやかは奥の落ちついた席に案内した。

「おお、ママ、今日は約束どおりいい客人をつれて来たゾ」

平野は上機嫌で、顔にシワは多いものの、てらてら光る肌はとても六十歳には見えない。連れの男はゆっくり店内を見回してから、

「感じのいい店ですネ」とお愛想を言う。

「ママ、こちら神馬淳一さん」

「神馬です。よろしく」

そう言ってちょっと会釈をしてから腰を下ろした。薄明かりの中で見る男は、上等そうな紺の背広を着て、センスのいいネクタイをゆったりと締めていた。さやかは一瞬、どこかで会ったことがあると思ったが、思い出せなかった。

「ママ、こんな夜は熱燗だ。つまみも適当に出してくれ」

いつの間にか今夜も満席になり、店は忙しくなってきた。当然さやかもあちこちの席に顔を出さねばならないのだが、なぜか神馬淳一と名乗った男の席からなかなか離れられなかった。

「また気がむいたらお越しくださいね」

「そうします」

俳優の若き日の三船敏郎によく似た神馬は生真面目にそう答えた。さやかは階段を下りていき、さりげなく外まで二人を見送った。馴染み客になってくれるかわからないけど……さやかはほっと夜空を仰いだ。確かに、あの人とは以前どこかで会ったことがある。もう一度そう思った瞬間、何だか体じゅうに電流が走ったような感じがして、さやかはちょっと身震いした。

その夜はなかなか寝つかれず、三時過ぎに床についたものの、外は早くも白々と明けはじめた。神馬さん、神馬淳一、あの人とはどこかで……男の顔がぼんやり頭に浮かんできて、それがやがてカメラのピントが合うように、ある一つの顔と一致した。

「こんにちは。宇都宮の分譲地を売っているのですが」

あのとき、玄関先に立った二人の若者。兄弟だといっていた、そうだ、あのときの一方の男に間違いない。さやかは、もやっていた霧がすっきり晴れたように感じ、早くこのことを神馬に伝えたい気持ちになった。

今度、あの人はいつ来るだろう？　そう考えて、さやかは自分の胸がときめいているのを知った。

次の日は早めに店に入った。店内はすっかり掃除も終わり、板さんが煮物をしているところだった。マスターが洗面所から顔を出して、いつものように、

「おはようございます。ママ、花の具合を見てください」と言ってくる。

さやかは洗面所と奥の壁際の花を見て回った。薄暗い電灯の光の中、カサブランカの大輪が清純な香りを放っている。ついつい香りに誘われて、花の中に顔を入れてしまった。

「またママが花の中に顔を入れて……」とマスターがからかうように言う。

「だって、こうするの好きなんだもの」

さやかは顔を離すと、雄しべの先に大きなしずくが今にも落ちそうに輝きながらプルプルと揺れているのを見て、美しいと思った。そして、さやかの心もキラキラと浮き立ち、出かける前にあれこれ迷った末にようやく決めた紫の小紋の袷《あわせ》を手で押さえながら、とまり木に腰を下

ろした。

八時頃になるといつものように馴染み客がカウンターを埋め、カラオケの歌声に会話も途切れがちになる。しかし、チリンチリンというドアの鐘の音がするたびに、さやかの全神経はそちらのほうに集中した。さやかが待っていたのは、もちろん神馬だった。

そして、何度めかの鐘が鳴ったとき、ドアの前に神馬の姿が立っていた。彼はさやかを探すようにキョロキョロしながら入ってくる。

「まあ、昨日はどうも。お待ちしてたのヨ」

平静を装いながらも、さやかの声は自然高くなった。神馬は、傍らに来たさやかに、例の大きな瞳に微笑をたたえ、軽く会釈した。

「ねえ、わたし、思い出したのよ」

夢中でしゃべるさやか。その間、神馬はゆったりと腰をおろして、酒とエイヒレをマスターに注文した。

「ねえー」とまたさやかは言う。

「あのときの神馬さんじゃありません？　帰ってからよく考えてみたのよ。神馬さん、昔、ほら、宇都宮の……」

さやかの話を聞いて神馬はかなり驚いたらしく、さやかの方にぐっと体を近づけてきた。そして、その夜は、二人とも昔話に花が咲き、夜が更けるのも忘れて、話し込んだ。

翌日、店に出勤してみると、入り口にバラの大きな花束が置いてあった。深紅のバラは、あたりを赤く燃やし、それはさやかの心も真っ赤に染め、あたり一面かぐわしい香りをただよわせていた。見ると、花の中にちょこんと白い封筒が添えられている。さやかは封を切る手ももどかしく、開いてみた。慌ただしく走り書きしたような文字で、そこには、再会の驚きと喜び、そして食事の誘いが記してあり、さやかは思わずその手紙を胸に抱いた。

神馬という男性は、さやかにとって、これまでのさまざまな経験のなかで、自分から好意を寄せた唯一の男性かもしれなかった。孝雄や大法のときも、もちろんさやかは愛したが、まず先に相手の気持ちがあり、さやかがそれに応えたような成り行きだった。

次の日、さやかと神馬は、互いに仕事の合間をぬって、中華料理の昼食を共にした。平日のせいか広い店内には、さやかたちを含めて三組しか客はいなかった。三十八歳のさやかと三十五歳の神馬。端から見ればいい年をしたカップルが、まるで少年と少女のように気恥ずかしげに向かいあった姿は、初々しくもあり、おかしくもあった。

さやかを見つめる神馬の瞳はギラギラと輝き、それはまるで京都の大文字焼きの野火の炎のように激しく、それはやがてさやかの瞳にも火を放った。

さやかはこのとき、人生最後の男性にめぐり合えたと直観した。しかし、互いに家庭のある身。荒波は避けたかったが、感情はコントロールできても、それを抹殺することはできなかった。

家は、出戻りのさやかにとっては針のむしろ、さりとて義母も辛くあたるわけではなく、逆に気をつかってくれるのがなんとも息苦しい。さやかを白眼視する親戚の人たちの出入りも胸を押しつぶした。夫は夫で、ますます商売にのめり込み、一億二億と大きな金を動かしているらしい。広大な土地を守り、借家とマンションを管理していれば、あとは遊んで暮らせるはずなのに……。

神馬は毎夜さやかの店に顔を見せた。そして、二人はまるで坂を転げるように愛を深めていった。なによりも、さやかと神馬は同じ電波と感性を持ち合わせている、そのことを認識しあったとき、すでに離れがたい気持ちを強く抱くようになっていた。

もちろん、神馬との先行きには不安もあったが、さやかは自分のほとばしる感情をどうにもできず、体じゅうの毛穴から苦汁が吹き出る思いだった。そして、やはり、覆水盆にかえらず――一度は捨てた家に落ちつくことなど、さやかの性格からいって無理な話と自ら決心するのだった。

離婚か、もう一度家を出るか。さやかはとうとう夫に神馬とのことを打ち明けた。それでもなお、夫は離婚に同意しようとしない。仕方なく、さやかは当座の着替えだけを車につめ込み、家を出ることにした。

そんな母を見て、二人の娘たちは、父をさとすように言う。

「お母さんが出て行きたいんだから、そうさせればいいじゃない！」

二度までも娘たちに辛い仕打ちをした母を、なぜこんなにもかばってくれるのか？　さやかはふと、決心が揺らぐのを感じた。業の深い自分を正すためにも、ここにとどまるべきなのではないだろうか？　しかし、さやかはすぐにそれを打ち消した。いや、突き崩し、破壊し、失い、さまよって、本当の命の根元を見極めながらやり直そう。そうしなければ、きっとわたしは後悔する！

意を決してエンジンをかけた。真っ直ぐに前を見て、一日一日を大切に生きる。あとは大河の一滴のごとく、流れに身をまかせればいい。

結果はどうあれ、夢に向かって生きることが、生きている証であり、生まれてきた命の光源であるようにさやかは思う。あれこれ思い悩むより、まず体を動かせば、大いなるひらめきが授かるものだ。神馬のことも、傷を恐れては愛することはできない。今度こそ、愛する心を大切に、死が二人を分かつまで、ともに生きよう――。

住まいは生まれ故郷の八王子になった。一ＬＤＫのマンションを神馬が手配してくれたのだ。さやかはスナックをやめた。しかし、神馬は家庭を捨てたわけではなかった。誠実な彼は家庭も大切にし、時間の許す限りさやかと時間を共有する。家庭とさやかのマンションとを行き来するという振り子のような生活だったが、さやかはそれが一番いいと思っていた。二人の娘、由香里と美奈子にはさやかは居場所を知らせ、ときどき二人が訪ねて来ることもあった。そうやってしばらくは、穏やかな日々が続いた。

＊

しかし、何年かたった頃、ついにさやかとのことが神馬の女房の知れるところとなった。夫が浮気をしていれば、女房たるもの、やはり勘づくもの。神馬の家庭は夫婦喧嘩が絶えなくなった。

神馬はその辛さに耐えかねて、さやかのところにいる時も酒量は増える一方。誰にも言えぬ胸の内を酒でごまかす日々が続いた。

ある日、さやかが行き先を告げずに部屋を留守にすると、その間にやって来た神馬は腹いせに、近所じゅうの自転車をかき集めて、さやかの駐車場に所狭しと並べたてたことがあった。

帰ってきたさやかは車を入れることができない。犯人の目星はすぐにつき、子供っぽいことをすると笑ったが、管理人はカンカンに怒っていた。神馬にはこんな茶目っ気たっぷりのところもあり、日々の憂さを晴らすように、そのあと二人は怒り狂った管理人を肴に大笑いした。

*

神馬は東北生まれで、地元の高校を出て十八歳で上京した。神馬の心に何か訴えたい思いがあったのか、上京するまでずっとおねしょが治らなかったという。家の者にもうとんじられ、淋しい寂しい幼年、青年時代を過ごした。親の愛情が薄かったと話す。その反動か人に対しての思いやりは何倍も強く、その包容力にいっそうさやかは愛情を深めていった。

それまで神馬は弟と二人で不動産会社を経営していたのだが、昭和五十七年、袂を分かつことになり、さやかと共に新たに不動産会社を興した。ちょうどバブル期を前に、地価が上昇の波に乗りはじめたところだった。

事務所として、八王子の駅から六分、二十五坪の店鋪を借り、姉愛子の息子もメンバーに加え、三人力を合わせて来る日も来る日もチラシを刷り、何千枚とポストに配った。何でもやってみよう。失敗したらまた元に戻ればいい。忙しい日々、さやかは夢と希望に充実していた。

そんなある日、子供を連れた女性が事務所のドアを開けた。

「いらっしゃいませ」

というさやかの声を無視して、女は血相を変え、

「主人はいますか!」

顔は引きつり、母親の声に子供は怯えた。

声を聞きつけて、奥から神馬があわてて飛び出してくる。

「あなたは女を事務所に入れて、いったいどういうつもりですか?」

神馬に向かって言うと、今度はさやかに向かって、

「このドロボー猫!」

吐き捨てるようにツバをかけた。

さやかは自分の激しい感情を必死に抑えたが、それと同時に、これから先、神馬との生活を貫く陰に、この妻の苦しみと悲しみがあるのかと思うと、今更ながらためらいの気持ちがわいてきた。そして一瞬別れてやる、そんな思いが頭をよぎった。

神馬は落ちついた様子で、やがて妻と子を家に送ってくると言い残して、車に乗って街の中に消えた。

シーンと静まり返った事務所に、時を刻む音だけがチ、チ、チと聞こえる。あの凄まじい修

羅の場面に、しかしさやかは不快な感情は一切抱かなかった。妻なら誰だってああするに違いない。

数日後、夫婦でどんな話し合いがあったのかさやかは知らぬが、神馬は家を出され、妻が用意したアパートに一人住まいを余儀なくされた。

年が明けて昭和五十八年、さやかは四十歳を迎えた。会社は何人かの社員の出入りはあったが、まずまずの状態だった。

朝からともに仕事をし、夕方になると神馬はさやかのところにやって来て食事を済ませると、自分のアパートに帰って行った。さやかのところに泊まることは決してなかった。窓越しに帰る神馬の後ろ姿を見るときは、恨めしい気持ちになったが、帰ったあとはそれなりに一人住まいの気楽さを楽しんだ。

そして、時折ベランダから夜空を眺めては、亡き母のことを思った。そんな夜は決まって母の夢を見る。母の夢を見るのは、きっと母の骨を飲んだせいだ、さやかはハタとそう思い、ゾクッとした。

＊

ある朝、目が覚めると、いやに寒けがして、吐き気もある。風邪かと思ったが、さやかには直観があった。生理が一週間も遅れていたのだ。それでもまさかと思いつつ日を過ごし、やはり三週間遅れたところで病院に行った。案の定、妊娠していた。

戸惑いは隠せなかったが、喜びもあった。四十歳という年齢、しかしできれば子供は欲しかった。子供と二人だけで暮らすのもいいと考えた。その頃には、夫の孝雄も、戻らぬさやかをあきらめたのか、離婚届に判を押すことを承知してくれていたのだ。

しかし、妊娠を告げたとき、神馬は一瞬ギクリとした表情をして、それをすぐに包み隠すように、

「オレはおまえと二人だけの人生を送っていきたいと思っている」と言った。

それは、妻に対する恐れか、あるいは神馬の本心なのか。それ以上話し合いもないまま、さやかは一人悩み苦しんだが、それに追い打ちをかけるように、神馬の兄と義弟の良雄が雁首そろえてやって来て、「産むことは思いとどまるように」と懇願された。

「はい、数を数えて、一、二、三……」

こんなことがあっていいものだろうか？　中絶を同意したさやかは少しずつ意識が混濁していくなかで、何度もそう思った。仕方がないのだと自分に言い聞かせながらも、やはり悲しみ

は大きかった。

そして、遠くから誰かが呼んでいる声で現実に引き戻された。眠りから現実へと覚めていく一瞬、さやかはふと母に会ったような気がしたが、温かい手で髪を撫でていたのは神馬だった。目を伏せた眼差しがどんな色をしているのかわからなかったが、彼の目に涙がうっすらにじんでいるのを見てさやかは胸がつまった。

妻子がありながら女に手を出してしまう男が一番悪い！　涙を見せぬよう顔を横に向けてさやかはそう毒づいたが、坊様は以前、「誰も悪いわけではない」と言ったことがあった。それなら、すべて運命なのだろうか？　そう思えば気も軽くなる。そしてさやかは、自分がすでに運命に身を投げ出しているのをはっきりと意識した。


神馬はこれまで以上にさやかを愛するようになった。どこへ行くにもさやかを連れて歩いた。しかし、夏になると、家族思いでもある彼は、家族と一緒に一週間の旅行に出かけてしまった。家庭での夫としての神馬、父親としての神馬、さやかは一人取り残されたが、そういった彼の姿は努めて考えないようにした。

神馬が留守のある朝、さやか一人の事務所に電話が鳴った。

「もしもし、オレだヨ」

馴れ馴れしく言うその声は、思いもよらぬ、若葉だった。いったい何年ぶりだろう？

「久しぶりだな。元気かよ。時間があったら出てこいヨ。あ、いいや、オレがそっちに行くから」

やって来た若葉は、まるで離れていた時間などなかったかのように、さやかには親しみ深く、また懐かしかった。

若葉の話によると、目標だった弁護士も宙に浮き、今は役人になっているという。あのとき、弁護士になるためにさやかと別れた手前もあって、若葉は恥ずかしそうに、

「でも、役所でオレ、エリートなんだぜ」と笑う。

「今日、よかったら、昔のようにデートしようぜ」

一人で寂しかったさやかは突然の若葉の出現に気分もほぐれ、

「その誘い、のった！」

さっさと事務所を締めて、二人はすっかり当時のままの気持ちに戻り、軽井沢へのドライブとなった。昼食はビールとジュースで乾杯。お互い年はとったが、気心が知れているので楽しかった。

「これからも時々こうして会わないか？　おまえもなんか大変そうだし、オレでよければ相談にのるからさ」

初恋の相手はさやかにとって、さやかをよく知る一人として、互いに励ましあい、語り合う人生の友となった。

今、彼は出世コースの役所をやめ、なぜか不動産コンサルタント会社を経営しているのだ。さやかが、資金繰りに困ると百や二百万はすぐ用意してくれる。会うたびの口癖は、「昔さやかを泣かせたからナァー」デス!!

ママハハ

昭和六十一年頃から本格的なバブル期を迎え、地価は急上昇、おかげでさやかたちの会社もすっかり軌道にのり順調だった。反面、神馬夫婦の仲は決定的なものとなり、神馬淳一は全財産を妻に譲って、離婚した。

その後、残してきた妻子には月百万円もの生活費を送らなければならず、それがずっしり肩にのしかかってくるが、それで淳一の気が休まるなら、そうすればいい。他人にどんな批判を受けようとも、一切の弁解も言い訳もない。淳一もさやかも着の身着のまま同士、夢に向かって生きていけばいいのだ。それがさやかの生き方だった。

そして、二人は、鳥の鳴き声も届かぬビルの谷間の一室に初めて同居することになった。出会ってから、こうなるまで六年の歳月を要した。とうとう愛を貫き通し、内心さやかは、勝ったと思わぬでもなかったが、そんな浅ましい自分がおぞましくもあった。

一つ屋根の下での生活。ところが、淳一は子供に会えぬ苦しさに心乱れて、酒をあおり、荒れることもあった。さやかの娘たちはすでに二十一歳と十九歳になっていたが、彼の子供たちはまだ小さい。さやかとて、もちろん娘たちのことを思わぬではなかったが、かわいい盛りの子供を置いてきた淳一の苦しみようは、さやかの思いとはまた別種なのかもしれなかった。

苦しむ淳一の様子を見るにつけ、さやかは何か心の安らぎをと思案した。不慮の事態や問題は誰の人生にも平等に起こりうる。そんなとき大切なのは、バランスのとれた精神と肉体だ、と何かの本でさやかは読んだことがあった。

そう、広い世界をこの目で見よう。この大宇宙に思いを馳せ、人間が生きている様を見て歩こう。日々生きていくということは、旅をし続けているようなものではないだろうか。二人で旅をして互いに成長し、命の営みをこの目で確かめるのだ。さやかは淳一に旅行を誘いかけてみた。沈みがちだった淳一も、しぶしぶ同意し、さっそく近いところから、香港、シンガポール、韓国、中国とアジアの国々を回った。それから中東、ヨーロッパにも。数えればかれこれ三十ヵ国を回っていた。

飛行機が離陸して、空に吸い込まれていく瞬間が、さやかは何ともいえず好きだった。淳一は、そのあとにやって来る飲み物のアルコールを手にする瞬間がいいと言い、さやかの目論見通り、淳一は旅によって精神的にも立ち直ることができたようだった。

そして、夜になるとさやかは決まって淳一にマッサージをしてやった。

「こうして足をさすると、気持ちが楽になって、よく眠れるでしょう?」

いつまでも撫でつづけ、淳一はその愛撫に心地よさそうに目を閉じる。

さやかと淳一は、互いをかばい合うように、まるで互いが互いの子供となって、一瞬一瞬を慈しむように深く愛し合っていった。


その頃、淳一の兄から所有している土地を処分したいという話が持ち込まれ、さやかたちはそこに事務所を移すことにした。八王子駅から二十分と、これまでの事務所に比べると駅からは遠くなるが、話はとんとん拍子に決まった。昭和六十三年、地価の上昇率が五三・九パーセントにまで上がり、もちろんさやかたちの不動産会社も景気がよかったのだ。そして、翌平成元年の四月には、三階建ての自社ビルが完成した。

その日、さやかは晴れ晴れとした気持ちで、淳一と近くの土手を歩いた。土手沿いに咲いた桜が、まるでピンクの帯を流したように、川の流れを引き立たせ、水面が陽の光を受けて、ちょうど金粉をばらまいたようにキラキラと光っている。自然の営みとはいえ、言い尽くしがたい光景に、さやかはあらためて生命の尊さを覚え、感動した。

そして、その年の六月、美空ひばりが五十二歳で亡くなった。四十六歳のさやかにしてみれば、戦後の時代をあの歌声と共に生きたことになる。一つの時代が終わった。そして、生と死――。

さやかは、わが身に熱い息吹を吹きかけ、思い切り生きてみたい、しみじみそう思った。

＊

その日、淳一は、子供に呼ばれたといって元の家に出かけたまま、夕食まで帰ってこなかった。外出すればマメに連絡を入れる人が、その日は電話の一本もない。外はもう薄暗くなりはじめ、さやかは気が気ではなかった。何かあったに違いない……。

そう思ったとき、階段を上る数人の足音が聞こえ、ドアの前でぴたりと止まった。急いでドアを開けると、淳一の後ろに二人の男の子がバックを手に不安そうな顔で立っている。

「さあ、早く上がれ」

八歳と十四歳の淳一の子供たち。二人はうつむきかげんに父親のあとに続いて部屋に入ってきた。話を聞けば、母親が置き手紙をし家を出てしまったのだという。

「とにかく子供たちを引き取り、四人で暮らそう」

淳一の言葉に、さやかはちょっと面食らったが、気持ちよく同意した。自分の娘たちには父親がいる、祖母もいる。そして二人ともすでに成人しているが、この子たちにはいま淳一しかいないのだ。

長男の賢人はこれまでの中学校へ、次男の海人は近くの小学校に転校させることになったが、さやかはこれでよかったのだと後日あらためて思った。何より、子供たちを前に淳一の顔が生き生きしている。これまでの離れ離れの日々を埋め合わせるかのように、淳一は子供たちをかわいがり、夜になると四人でゲームやトランプに熱中した。突然の母子だったが、さやかもそんな生活を心から楽しんだ。

「さやか、聞いてくれよ。実はさ、ここに来る道々、海人のほうが、パパ、女の人がいると言ったけど、その人、今度僕のママハハっていうことでしょうって言ったんだ。まったくなあ」

淳一は笑いながらそう言った。やさしい瞳が一層やさしく輝いていた。

賢人も海人も最初からさやかによくなついた。特に、八歳の海人のほうは淳一に似て甘えん坊。通い続けていたスイミングにさやかが連れていけば、終わりまで見ていてほしいと、窓越しにさやかの方を得意顔でチラチラとうかがったり、あるいは夕食の支度のときなど、棚の食器をすべて下に下ろしてそこに寝そべり、さやかが作るものを上からひょいと手を伸ばしてつまみ食いしたり、片時もさやかのそばを離れようとしなかった。

そんな機嫌のいい時は、海人はさやかのことを「お母さん」とはにかんだように呼んだ。が、大嫌いな歯医者に連れて行く時などは「おばさん」と呼んだり、幼いながらも呼び方を使い分けているのが、さやかにはおかしくもあり、不憫でもあった。

そして、夜寝るとき、さやかは淳一にするのと同じように、子供たちの手や足をさすってやって寝かしつけた。血はつながっていなくても、愛情があれば、本当の親子以上の充実した日々が送れる。男の子供のいなかったさやかは、二人の息子たちを存分にかわいがり、さやか自身も幸せだった。


そんなある夜のこと。ベットに入ると淳一は、

「籍を入れよう」

予想もしない言葉を口にした。

さやかは一瞬自分の耳を疑ったが、なぜかすぐに返事ができず、

「悪いけど、二、三日考えさせて」

その言葉に淳一は戸惑いの色を見せた。

さやかは、今のままで十分だと思った。わざわざ籍を入れなくてもいいのではないか。形式にとらわれることはない。

しかし、ちょうどその頃、皇室の結婚が世間を賑わせている最中で、紀子さまの幸福そうな笑顔を見ていると、もう一度結婚するのも悪くないかな、と思えてきた。淳一と結婚して、神馬さやかになるのも悪くない。ひょんなことからさやかの考えは結婚の方向に傾きはじめた。きちんとケジメをつけよう、その思いもさやかを入籍へと向かわせた。

平成二年五月二十四日、晴れてさやかと淳一は夫婦となった。さやか四十七歳、淳一は四十

四歳、二人が再会して九年の歳月が流れていた。

*

平穏な日々、仕事も生活も充実していた。この生活がずっと続けばいい、さやかは心のなかでそう願った。

しかし、夏が過ぎて、秋。暗い木々のあいだから虫たちの合唱が続くなか、あわただしく階段をのぼる足音で、これまでの生活にまた変化が訪れることになった。

「さやか、どうしよう!」入ってくるなり淳一の大きな声。

「どうしようって、何のことよ?」

聞けば、前妻が家に戻って来るので、また子供たちと一緒に暮らしたいと言っているのだという。蒼白の淳一の顔を見て、さやかはしばし言葉につまった。

まったく、本当に、次から次へと悩みがあるものだ。心の内で大きなため息をつき、かつて亡母が『この世は苦の娑婆だ』とよく言っていたことを思い出した。

「わたしはどうこう言えない」

さやかは自分の正直な気持ちを淳一に伝えた。

「でも、子供たちの気持ちをまず第一に尊重して、夫婦でよく話し合ったほうがいいと思うヨ」

そして、一週間後、子供たちは母親の元に帰ることになった。

せっかく母子の情が芽生えはじめてきたところなのに、さやかはなんとも言えない複雑な思いだった。しかし、淳一の心を察すれば、胸がはち切れんばかりだろう。さやかは夫の気持ちを考えて、さらに気持ちが沈んでいった。

「体に気をつけて、また遊びにおいでネ。サヨウナラ」

ママハハはそれが精一杯の送る言葉。

賢人も海人も淳一に似て、美男子。素直でいい子供たちだった。

三人を送り出したあと、さやかも寂しさに胸を抱えて、突然ガランとしてしまった部屋を見回した。体じゅうの力が抜け、しぼんだ風船のようにへなへなとその場に座り込んだ。

しばらくして、淳一が帰って来た。さぞや落胆していることだろうと思ったが、予想外に明るい顔をしている。

そして、淳一はさやかの前に正座して、一言、

「ありがとう！」

さやかの両手をしっかりと握った。その声には万感の思いが込められ、さやかはそれだけで疲れも胸のもやもやも、何もかもが弾け飛んだ。

「母親のところに帰ったんだから、大丈夫。心配しなくても、ネ」

そう言いながら、水割りを淳一に差し出した。一口ごくりと飲み、遠くを見つめる瞳。初めて店で見たあの温かい眼差しは、今は憂いの瞳となって窓ガラスに映し出されている。子供たちが食べ残していったチップスをつまむたびに、淳一の口の中でそれは寂しそうな音を立てた。

その夜、クイーンのベットに並ぶ二人は、流し雛のように手をつなぎ、それぞれの思いを大河の流れにまかせて静かに目を閉じた。握り合う手の感触で、互いの心の中が、無言のうちにも読み取れて、いたわりの言葉をかけ合った。さやかは静けさの中で、いいようのない平安に満たされ、淳一との巡り合いに感謝し、そしてその夜、母の夢を見た。

しかし、やはり、子供たちのいない寂しさがこたえたのか、淳一はそれをまぎらわせるかのように酒をあおり、泥酔しては家に帰ることが多くなった。

その夜もまた玄関先で倒れ、さやかはやっとの思いでベットまで運んだが、ぐったりした大の男は想像以上に重たくて、さやかの堪忍袋の緒もついに切れた。

頭に来た！　気がつくと、さやかは赤の太い油性ペンを手に、淳一のパンツに手をかけていた。油性ペンのキャップを取り、それから、おもむろに淳一のパンツを脱がせ、真っ赤に塗り潰してやる。とたんに笑いが止まらなくなるさやか。あー、これでいくらかせいせいした。

そして翌朝、気持ちよく寝ているさやかの耳に、「ギャーッ！」というものすごい悲鳴が聞こえてきた。

「オイ、これ何だ？　ゆうべオレ、何があったんだ？　血がついてるゾ」

淳一は血相を変えて、トイレからパンツを下ろしたまま飛んで来る。さやかはまたもや笑いが止まらなくなった。

しかし、二日後、またも大酒をあおって帰宅した淳一。またまた、頭に来たさやか。今度は、肩肌脱がせて、そこに四、五十個のキスマークをつけてやることにした。口紅をたっぷり塗り、何度も何度も唇や胸や肩のあたりに押しつける。唇を付けるたびに淳一はピクリと動き、しかし目を覚ますことはなかったものの、何度も繰り返すうちさすがにさやかは頭がクラクラしてきた。

例により、次の朝、朝風呂に入った淳一は、「何だ、これは！」と大声をあげた。まるで、遠山の金さんの桜吹雪のようなキスマーク。これでは、ゴルフに行っても入浴できないし、好きなサウナにも入れないとしょんぼりした。

しかし、さすがにこれ以上深酒をして帰ったら何をされるかわからないと思ったのか、淳一の泥酔はそれ以後ぴたりと止まり、さやかはシメシメとほくそえんだ。

＊

正式に夫婦となり、淳一の子供たちとの一波瀾を乗り越えたあと、日々は平穏に過ぎていった。

そんなある日の昼下がりのこと。その日は朝から薄曇りで、午後になると絹糸のようなこぬか雨が降り始めた。部屋にいて、どんより曇った空と雨の匂いを感じながら、さやかはふと、二人で歩いたシャンゼリゼ通りを懐かしく思い出した。

日程の最後の八日目のことだった。その日はずっと自由行動の日で、さやかと淳一は買い物に夢中になった。さやかは淳一のために買った革ジャンを抱え、外に出て気分よく十メートルも歩いたところで、

「オイ、カメラはどうした？」

突然の夫の声に、ハッとした。

「ない！」

二人は慌てて出てきた店に駆け戻り、店内をあちこち探してみたが、カメラなど影も形もない。そういえば、旅行の第一日目に聞かされた添乗員の注意事項――。

「みなさーん、気をつけてください。日本製のカメラなどは外国ではすごい人気です。置き忘れたりすると二度と戻ってこないものと思ってください。それに、ここは英語は通じません。フランス語のみです。フランス語をこよなく愛している国ですから」

その言葉どおり、店員にカメラのことを片言の英語で尋ねても、答えはフランス語で返ってくる。仕方なく、二人はあきらめて店の外に出た。

「カメラをなくすくらいなら、革ジャンなんて欲しくなかったよ。せっかく写真を撮ったのに、いまこのときは二度とないんだぞ！」

淳一は文句を言い続け、その日は夜になっても互いに一言も口もきかず、夕食も別々。パリの最悪の夜だった。

しかし、パリのあの雰囲気、センス、何もかもが最高。さやかはパリが大好きだった。そして翌朝、淳一は革ジャンを見てにっこりしながら、

「やっぱり買ってよかったナ、この茶色の具合といい、手触りといい、さすがはフランス製だよナ」

革ジャンを着た淳一を、さやかはムッとした顔で見つめた。まだ昨夜のわだかまりが残っていた。でも憎いほど似合っている革ジャン姿に思わず顔がほころび、そのままVサインを出していた。そういえば、あのときの淳一は若い頃の三船敏郎にそっくりだった。さやかは窓の外に降る霧雨を見ながら、幸福な思いで当時を思い返していた。さやかと淳一――愛する人と暮らすことが幸せなのだと、亡き母が言っていた、その暮らしがいまここにあった。

それからしばらく後、そんな二人にまたもや大きな試練が待ち受けていることなど、そのと

きさやかは想像もできなかった。もっとも、それは、当時の日本で多くの人々が予想しえなかったことではあるが。

ふたつの崩壊

平成三年、中東では湾岸戦争が勃発し、日本では二百年ぶりに雲仙普賢岳が噴火して、なんとなく世の中がざわつき始めていた。そして翌年、スペースシャトル・エンデバーで毛利衛が宇宙へ行った平成四年――ついに、大型景気が幕を閉じ、バブルが崩壊した。

日本経済がガタガタと音を立てて崩れていくなか、国土法とやらで地価が強制的に半値になり、不動産会社は大打撃を受けた。当然のことながら、さやかと淳一の会社も、これまでの経営が嘘のように切迫した日々を迎えることになった。さやかは会社を維持していくため、父から多額の援助を受けざるをえなかった。

しかし、さらに大きなダメージを受けたのは前夫のところだった。孝雄のスーパー経営はバブルとともに何もかもが弾け飛び、何代もつづいた旧家の長男は、時価二百億円相当の資産をすべて失ったのだ。

専務の哲ちゃんは早い段階で孝雄に「社長、今やめれば先祖からの家五百坪だけは残るから清算しよう」と言っていたが、そのとき孝雄は耳を貸さず、とうとう「社長、資金繰りがもう底をついた」との哲ちゃんの言葉に、初めて母親とともに涙を流したそうだ。

そして、あの大きな家を明け渡し、他に住まいを借りる時、さやかは次女の美奈子と共に部屋探しを手伝い、家具一切をそろえて孝雄と長女由香里を住まわせ、義母は娘の家に落着いた。その時、いままで出ていった妻に渡すものは何もないと言っていた孝雄は、初めて、さやかが使っていたドレッサーと六〜七点の思い出の絵画を渡してくれた。

資産のすべてを失った前夫。それでもさすがにお坊ちゃまなのか、聞けば、さやか夫婦よりも優雅な生活を送っているらしい。趣味のクラシックのCDを五千枚以上も集め、宅建の資格を取ると猛勉強中とか。時折やって来る娘たちからの情報で、さやかはそういったことを知った。

そして、孝雄は勉強のかいあって、宅建の試験に合格した。しかも彼はその資格を生かすため、淳一の口ききで、義兄の会社で働くことになってしまった。しかし、二人の娘たちは、バブル崩壊による父親の失敗を責めることも、愚痴を言うこともなく、資格を取って職が得られたことにホッと胸をなでおろしていると聞いて、さやかも淳一の厚意に甘え、一安心といったところ。

しかし、話はそれだけでおさまらなかった。孝雄はその会社方針に馴染めず、そのせいか四ヵ月のあいだ営業の成績も上がらなかった。もっと自由な雰囲気の会社で仕事がしたい。孝雄は、そんな気持ちを娘の由香里に話し、後日、由香里を通し、神馬（夫）の会社に移りたいむねの話しが伝わってきた。

もちろん、さやかとしては複雑な心境このうえなかったが、淳一に相談すると、彼さえよければ、すべてを受け入れる気持ちがある、と言ってくれた。しかし、当然淳一も心乱れているのはさやかにも想像がついた。それでも、いろいろな人生を経験し、乗り越えてきた人たちだから、これは男同士で決めればいいこと。さやかはそう割り切ることにした。

バブルが弾けた厳しい時期、淳一、さやか、前夫と、奇妙な取り合わせの三人が一つの会社で夢を分かち、新たなる出発を切ることになった。そして、始めてみれば、案ずるより生むが易し。淳一も前夫もなかなかうまく折り合いをつけているようだった。前夫、孝雄は昔とったきねづかと言わんばかりに、トップセールスの腕を発揮させ、アレヨ、アレヨと稼ぎまくる。

今日は、孝雄のお客様の地鎮祭に、淳一とさやかは、かり出され車を走らせる。現場に着くと、四隅に竹がたち、風で竹の葉がピラピラとゆれ落ち葉がくるくる回る。

しばらくすると神主がやって来たが、「エ！　ヤダ！　アレは？　誰でしょう？」さやかは目をパチクリ。やがて点になる。墨色の衣をヒラヒラ。「あんれ、あのお方は大法じゃ！」どぎまぎするさやかをよそに、見れば淳一も孝雄も、顔色一つ変えずに出迎える。

いったいこの光景はドラマの撮影ではないヨネ。深くため息をつき、目を閉じ、天を仰ぐ。やがて目を開ければ、大法はいそいそと塩を盛り、酒を振りまき、パタパタと幣束《へいそく》を振り振り歩き回った。

少し離れた所で、事の次第を見守るさやかに、客の御婦人が耳うちをした。「ここだけのお話ですヨ。私、坊様の大ファンでして、占が本当によく当たりますの。でもネ、何年か前に、好きな女性と駆け落ちしまして、それはもう大変なうわさ。神占が長い間お休みになって、みなさんお困りでしたワ。寺を捨てて姿を消すなんて……。相手のお顔、見たくありません?」

予期せぬ話しに、さやか返答できず——。やっとの思いで「ハアー」と一言。

いつの世にも悩める人々が、心の燈火や支えを求めに占に身をあずける人が、なんと多くいる事か。いっときのさやかもそうであったように……。

大法は、ひとすじに神占がすべてと言い、いつしか神占に疑問をもつさやかと大きな生きる隔たりができたのも事実。さやかは自分の感じたまま、右へ行くか、左へ進むか、自身で決断して生きる道を選んだ。結果はどうであれ、その方が納得のいく人生であろう。

今、しばらくぶりに見る大法は、輝きが失せ、小さく見えた。そう感じるさやかは、事の次第が終るまで、穴でもあったら入りたい、それも身の丈ほどの深い大きな穴があればもっといい……。だが、三人の殿方達の心中はいかばかりか? なにはともあれ、心の広い方々に囲まれ、幸せと思うか。はてさて、開花結実としプラス思考で、パッと明るく、汝の隣を愛すべし。

地鎮祭も無事終り、大法は帰りぎわさやかに近より、「体に気をつけて、ワシの事は案じるな」とささやき、二度と思い出したくない、あの別れと同じように、墨色の衣を風にフンワリとなびかせ立ち去った。

この一瞬、生への旅、生きる味わいをすがすがしく感じ、その場はえもしれぬ光と風が殿方達をつつみ、まぶしく光らせた。

帰りは、夕暮れになってしまったが、これまた重なる時は重なるものだ。今度は山田が、事務所でお茶を飲んでいる。さやかはビックリしたように「ヤダー、久し振りじゃない。こんなときどうしたの?」そう尋ねる。「あんれ、ママいつも元気そう」山田はいつも忘れた頃に現れ、よもやま話をジョークたっぷりに話し、帰るのである。

別れた今でも良き友の一人、長いつき合いをしている。夫、前夫、元恋人、奇妙なお茶タイム。仕事、ゴルフ、酒の話、話題はつきぬ。

遠く思いをはせれば、人は苦悩と逆境を乗り越え、生命を鼓舞させ、激励し合う。それぞれが許し合い、深まる絆。こんなスバラシイ男達に囲まれ、成長させられているんだ。そこには、この世に見えるもの、見えぬもの、すべてに感謝するさやかの心が幸せに震えていた。

＊

ちょうどその頃、姉夫婦と同居していた父から頻繁に電話が入るようになった。

「長い間愛子には世話になったので、順番だから、今度はおまえのところで世話になる」

そう言いはじめたのだ。

淳一にも相談し、結局、父はさやかのところに引っ越してくることになった。

そして、越してきたその日の夜、話がある、父はさやかの前にきちんと正座すると、

「ずっと黙っていたが、おまえの人生を狂わせたのはオレだ」

そう言って深々と頭を下げた。話を聞けば、あの日、姉がスーパーを買い受けてほしいと言って来た日のこと、あれは父の差し金だったという。

さやかは当時のことを思い出した。もしあのとき、姉さえ来なければ、孝雄がスーパーに乗り出すこともなかったし、大型店に手を出すこともなかったのだ。当時は姉を恨んだこともあった。しかし、そのきっかけが父だったとは……。

しかし、目の前の老いた父を見れば、さやかは笑い飛ばすしかなかった。

「わたし、それがあったから今があると思っているのヨ。人生いろいろ経験したし、尼にもなって父さんをびっくりさせたし、楽しい人生をありがとう！」

笑顔のさやかに、父は積年の重しが取れてホッとしたのか、そうか……ヨシヨシといった顔をして笑った。

その父の笑顔を見ているうちに、さやかはふと、幼い頃の、夢か現実か定かではない、ある

ひとつの光景をふと思い出した。あれは本当にあったことなのだろうか、それとも夢の記憶なのか？　幼い頃の出来事にはよくそんなことがある。さやかはその封印された光景について、父に確認してみたくなった。

「ねえ、変な話なんだけど、一つ聞いていい？　昔、わたしが小さかった頃、三畳の部屋に入ってお札並べていたことある？」

父はちょっと決まり悪そうに、

「おお、そういえば、そんなことがあったな、一枚一枚数えては、並べていたよ。あのときは楽しかった、オレも若かったからなあ」とだけ言った。

あれはやっぱり夢ではなく現実だったのだ。さやかは尋ねてみてよかったと思った。そして、霧のかかったような映像の記憶が現実だったとはっきりして、あのときに見た光景がさらに鮮明な像となってまざまざとよみがえってきた。

あのとき、父が並べていたお金は、あの頃家にあった全財産だろう。そして、あれは、みんなさやかのためのストレプトマイシンに消えていった。しかし、父はただ懐かしそうな顔をしているだけで、そんなことは決して口には出さなかった。

翌日から父は、水戸の黄門様の出で立ちで散歩に出かけるようになった。みんなからも黄門様と呼ばれて気をよくしていた。しかし、時折母の話題になると、「オレをおいてなぜ死んだ」といまだに涙ぐむ。

父は母をこよなく愛していた。が、母は、本当に父を愛し、互いに理解しあった結婚生活を送ったとはいえなかった。さやかは、母のあの白いハンカチの話を思い出した。婚約者がいたのに父にだまされ結婚することになってしまったと、母のそんな本心を知ってか知らずか、父はいまだに母の影を慕っている。さやかには、そんな父の姿が哀れだった。

そしてその頃、さやかたちもまた、会社の資金繰りで哀れな日々を送り始めていた。内閣は次から次へと変わるものの、バブル崩壊後の不況はとどまるところを知らなかった。

ついに黄門様は見るに見かねて、自分名義の土地を処分し、さやかに金を渡した。

「これでオレはおまえへの償いができただゾ。さっぱりした」

一言、そんなふうに言ってくれた。

しかし、今度は姉愛子の家で問題が持ち上がった。夫婦仲がこじれ、姉が家を出てしまったのだ。そして、父が土地を処分したことに対して、「あれは私にくれると言っていた。あの土地は私のものだ」と異議申し立てをし、なんと、父とさやかと会社を相手取り裁判を起こした。

さやかは実の姉からの仕打ちに、体じゅうの血液が逆流して、心臓が口から飛び出すほどのショックを受けた。そのときばかりは、母の言葉を恨めしく思ったりもした。

母は最期に『楽しんで後からおいで』と言ったけれど、あれは『苦しんで後からおいで』の間違いだったのではないだろうか？　さやかが無我夢中に病床の母を抱きかかえ、病院を出て一緒に死のうと言ったとき、母は『楽しんで』と言ってさやかに夢と希望を与えなければ、この子は本気で死のうとするかもしれない、そう思ったから出た言葉ではないだろうか？　そして、やはり『この世は苦の娑婆』──母の言ったとおりなのだ。

『十のうち九つは苦しいことヨ』

それが母の口癖だった。とすれば、その母も、やはり多くの苦しみを乗り越えて生きていたのだろうか。さやかは母に問いかけるように、考え続けた。

『楽しんで後からおいで』『十のうち九つは苦しいことヨ』『この世は苦の娑婆』──そうだ！『楽しんで後からおいで』ということは、『苦しみを乗り越えておいで』ということではないだろうか。苦しみを楽しみとして受け止められる人間に成長したら、ゆっくり私のところにおいで──母はそう言いたかったのではないだろうか。

『さやかちゃん、空から見ているヨ』

きっとまだまだ苦しみが、いや楽しみがこれから先も待ち構えている。苦しみと楽しみは丸い一つのものなのだ。宇宙に浮かぶ地球そのもの。だから、心の持ち方で、苦しみも楽しみも自由自在に変えることができる。そして、その心も丸いのだ。この丸い心は、誰にも平等に持つことを許されて、この丸い心の中心に神が生きている。母は、さやかの心に宿っている。母の面影を探すように、さやかは天を仰いだ。

そしてまた、新たな苦しみがさやかに訪れることになった。

環境の変化が、年老いた父の精神までも変えてしまったのだろうか。黄門様の様子がこの頃おかしいことにさやかは気づいていた。金がないと大騒ぎをしたり、風呂上がりにパンツを頭にかぶっていたり。ふざけているのかとも思ったのだが……。

「モシモシ、名札を見てお電話しております。お宅のおじい様、四つめの電気釜をお買い求めですが、売ってもよろしいでしょうか?」

受話器の向こうから、イイダ、イイダヨ、という黄門様の声がする。さやかはあわてて電気店に車を走らせた。が、到着する前に、黄門様が担いだ杖に小さな箱を通してぶらぶらさせながら歩いて来るのにぶつかった。

何日も続いた買物もおさまり、今日は朝から何度となくトイレをいききする。以前から便秘気味だったと聞いてはいたが、人の手をわずらわせることはなかったが、今日は朝から調子が悪そう。

「黄門様どうした? だいじょうぶ?」のぞいてみると大粒の汗を流し身をよじる。「うんちがそこまで出てるが、出ないダ。悪いけど腹を押してくれ」

さやかは左手のこぶしで下腹を押し、右手で背中をたたく。しかし二人で頑張っても出る様子はなく、苦しむ彼は便器からころがり落ち、くの字になり、苦しみだした。

「さやか、早く浣腸してくれ‼」さやかはいくら父とはいえ、恥ずかしさにどぎまぎするが、意を決して、しわしわになった父の黒ずんだ尻めがけ、浣腸をする。

「今したから肛門をつぼめて、力んだらダメヨ。そう書いてあるヨ」「よし解った‼」と言いながら、力み出す尻から液が飛び散り、のぞきこんでいるさやかの顔に、ビャーヤとかかる。なおも苦しむ父を見て、怒る訳にもいかず、うんちがのぞく肛門にひとさし指を入れ、かきだす事にした。しかし固まったこふんは容易には出ない。

すると「今度こそ出るゾ」と言って、よたよた座ったと思うと、ウウーと声を張り上げた。ころころ大きな串だんごのような便が出るわ出るわ。父は見る見る上機嫌。

シャワーをあびた黄門様は、シャツの袖に足を入れニコニコ。さやかのひとさし指は、父の匂いがとれず、ちょっぴり頭にくる。だがこれもまた楽し――。

だが、日増しに様子がおかしくなる黄門様をつれ、病院に出かけた、告げられた病名はアルツハイマー型老年痴呆――。

耳を疑ったが、たしかに普通ではない。夜な夜な一人で出歩いてしまったりする。ある夜ぐっすりと寝込んださやかと淳一の耳に、突然けたたましい大音響が鳴り響いた。

「オイ、黄門様はいるか?」

夫のあわてる声に、隣の部屋をのぞくと、大変、黄門様がいない!

心臓と足が同時に震え、二人で外に飛び出した。音のする方を見れば、裸足でパジャマ姿の黄門様が、大きな青色をした七〇リットル用のポリ容器の蓋を振り上げて、隣の店先のガラス窓を力いっぱい、真剣な顔をして叩いていた。

「黄門様、何してるの?」

声をかけると、こちらを振り向き、楽しそうにニヤーッと笑った。

あたりは真っ暗。黄門様の振り上げるブルーの蓋は外灯に照らされて、暗黒の中に浮かび上がる地球のように美しく、青かった。

自分を見失った父、片手に地球を捧げ持つ父、そんな姿を見たさやかは、人間とはなんと孤独な生き物だろうと寂しく思った。いや、孤独だからこそ、支え合うのだ。

黄門様と手をつなぎ、玄関に並んでふと足元を見れば、三人ともみな裸足だった。

「アッ」

「アッ」

さやかと淳一と、見合わせる目に温かい心が通い合っていた。

しかし、次の日も、また次の日も父の夜回りは続き、仕方なくさやかは黄門様に告げることにした。

薄暗くした部屋で、父は布団に横たわり、らんらんと目を輝かせ天井を見据えている。さやかは枕元に正座し、あくまでも礼を尽くす。両手をつき、うやうやしく、

「黄門様、たいへん申し訳ありませんが、手足を縛らせていただきます」

すると返ってきた言葉は、

「なあに、親子だもん、遠慮する事はないさ!!」

その正気な言葉に、さやかはトイレに駆け込み大声で泣いた。嗚咽の声は淳一にも届いたらしく、

「どうした?」

事情を話すさやかに、淳一は、

「じゃあ、こうしよう」

と言って、腰ひもを五本つないで、黄門様の足と淳一の足をつなぐことにした。薄明かりに浮かぶピンクと赤の腰ひもは、静かに部屋から部屋へと横たわる。

これでゆっくり、安心して眠れるぞ。そう思ったが、腰ひもが動くたびに、淳一は「黄門様！」と言って飛び上がることになってしまった。

今夜は静かに寝てくれるだろうか？　夜回りはしないだろうか？　毎日が心配の連続だった。そして、昼食を食べさせようと父のいる三階に行った時のこと。部屋に入るなり、さやかはびっくり仰天させられた。カーテンはひきずり下ろされ、クローゼットからは服がはみ出し、床にも方々放り出されていて、足の踏み場もない。当の本人はすまし顔でソファーに行儀よく座り、午後の陽に照らされ無邪気な子供のように微笑んでいる。さやかはそんな父の姿を見て、死ぬほど寂しく、切なく、いとおしくなった。

幼い頃、薄暗い部屋の中で、さやかの腕をまくり毎晩注射をしてくれた父——そんな若かりし頃のもう一人の父が、現在の恍惚の父にダブって見えた。

父の愛がさやかを育て、いま流すさやかの涙は厚い感謝のしるし。傷つきながら、挫折を乗り越え、前だけを見てここまで生きてきたさやかだったが、いまは何とも言えぬ複雑な思いで父のかたわらに座り込んだ。

そんな気持ちを知ってか知らずか、父の手がそっとさやかの肩に乗る。まるで母の手のように、おまえは一人じゃないんだよ、そうやさしく慰めてくれるようだ。

さやかは、仕事をやめて父にずっと付き添ってやれない自分を責めた。いまは、会社も目が離せない、苦しい時期だった。父も、会社も、両方とも重症なのだ。

やり場のない気持ちを抱え、さやかは寝ている時、夢の中に母の姿を追い求めた。いつかあの世でめぐり合えるだろうが、叶うものなら、いますぐ母に会いたい、そう切望した。


朝も夜も一日じゅう目が離せない。さやかも淳一も、次第に体力の限界を感じるようになり、仕方なく、心を鬼にして入院させることにした。妹も姉も父を見舞い、世話をしてくれた。もちろん、裁判中の愛子とさやかが顔を合わせることはなかったが。

入院後、父は日一日と虚ろになっていき、眼差しにも力が失われていった。誰もが死ぬそのときまで正常な自分でいたいと願っているが、思いどおりにいかないのも事実。そして〝そのとき〟は誰にも平等に訪れるのだ。

平成八年四月二十五日、明け方に電話のベルが鳴り、病院からの知らせにさやかは車に飛び乗った。動悸まじりの息をかみころし、ひっそりと静まりかえったうす暗がりの廊下をひた走る。つきあたりの病室前で夫が急にとまると続いてさやか、甥っ子がしょうぎだおしになった。冷たいノブに手がかかったと思いきやさやかは右肩で押し開けた。

父は戸口の右端の奥にまるで手品のように、白いシーツが宙に浮かび上がる中に横たわっていた。閉じたまぶたはうす桜色をしている。哀しいまでのただよいをなげかけ、ギュウーっと胸をしめつけられた。速まる動悸が胸をつたわり聞こえてくるようだ。

「残念です。たった今息を引きとりました」

それは儀礼的に見えたが医師と看護婦は深々と頭をさげ、波計はピーっと地平線のように横にのびる。

黄門様の手はまだ温かくしなやか、本当に死んでいるのか？　と思った瞬間、潮が引くように冷たくなる。桜の花から白いもくれんの花のように、パッと変ってゆく。やっぱり死んでいる。と我にかえるとそこはかとなく老人達のひしめく、おむつのむれた臭いがふよふよと鼻に交差するが黄門様の一角は魂と精霊がうごめいているようにあたりがこうごうしい。冷気が首すじをまく。さやかの瞳にはジンワリと涙がおおい、電灯が七色の虹をはなつ。

それにしても後始末の完璧な父。自分の百回忌まで生前にすませ碑まで立て、自分で読んだ般若心経のテープ、黒のリボンのついた黄門様スタイルの写真、なにもかも用意がしてあった。とうとう父は夕日の沈む西方浄土へと旅立っていった。平成八年四月二十五日午前四時十七分。

夜明けの街の風は生ぬるいがなぜかヒンヤリとし、朝やけが遠い日の引っ越しの夕焼けと重なり、頭をよぎる。

「一生のお願いだから、一回だけでもお相手してはくれまいか」

最後には母とさやかをダブらせるほど混乱していた父。

さやかに涙はなかった。悲しみよりも、むしろさやかは父が愛してやまぬ母の元に行けたことに安堵した気持ちのほうが強かった。

父が母に捧げた〝夢静〟の墓の中で、父はどんな思いでいるのだろう。

＊

父が亡くなって二ヵ月、生活もさやかと淳一の二人だけになり、事務所は相変わらずてんやわんやの状態だった。ひっきりなしに事務所の電話が鳴る。また、よくない話の電話かとさやかが受話器を取り上げると、弁護士からのものだった。

「先方の弁護士から、例の件で和解の話が来ていますが、どういたします？」

愛子との一件はさやかの心をもう何年も曇らせ続け、重荷を背負っているような息苦しさを与えてきた。さやかの方が勝訴すると、そのたびに先方は不服を申し立てて上告するのだ。調停に呼び出され、二度ほど姉の姿を見ているが、目と目を合わせることはなく、話もしない。そんな日は、寂しさと腹立たしさで、さやかはやりどころのない思いを持て余した。その姉が和解を望んでいるというのだ。

「先生にお任せしますわ」

和解になれば、また昔のように姉妹仲良く話ができる日もきっとやって来るだろう。すべては時が解決してくれるに違いない、さやかはそう信じた。

その日、いつも通っている近くの神社に出かけていった。玉砂利を踏み、鈴を鳴らせば心も丸くなる。手を合わせ、さやかは心の中で母に話しかけていた。

母さん、姉さんとのことはなんとかうまくいきそうです。本当によかった。母さんも空から見ていてくれたでしょう。ありがとう。でもね、母さん、もっと長生きしてほしかった。もっともっと話を聞かせてほしかったのに……。いつも、どんな声だったのか想像するけれど……母さんの声が一度でいいから聞きたいよ……。

どん底

世の中は経済不況の長いトンネルの真っ直中。しかも、銀行の貸し渋りが、さやかたちの会社をますます苦しめるようになっていた。先行き不安のそんななか、従業員が示し合わせたように、三人同時に辞めていった。残るは、社長の淳一と前夫、そしてさやかと、パートで来ていた次女の友人の四人になった。さやかは五十四歳、淳一は五十一歳、そして前夫は六十歳。歯を食いしばり、みんなで頑張りつづけた。

しかし、平成十年二月、とうとう力尽き、会社を任意整理せざるを得なくなった。

降りしきる雨の中、淳一の後見人である富田氏と三人で、さやかは債権者を回った。ひたすら頭を下げ、「申し訳ない」と土下座をしたこともあった。しかし、人一倍責任感の強い淳一の心労を思うと、土下座など何でもないことだった

淳一は来る日も来る日も、保険証書を前に、じっと考え込んでいる。顔色はいたって悪く、さやかの心配は大きくなるばかりだった。

ちょうどそんな折も折、三人の経営者が一本のロープを分け、それぞれホテルの部屋でほぼ

同じ時刻、首を吊って自殺するという事件が起きた。保険金で従業員に支払いをしてくれとの遺書を残していた。

そのニュースを聞いて、さやかは淳一にしがみついた。

「あなた、生きていればこそ、生きていればこそよ！」

しかし、限界までのケチケチ生活は続く。一ヶ百円のさんまのかばやきは常にゲット。夕食にはかかせない一品になっている。さやかは日々借の応対に追われ続け、とうとう朝の出勤前、突然めまいと吐き気、頭上にオレンジ色の光線をふき出し、全身がわなわなと震えた。無意識に夫に内線のダイヤルを回す。オレンジ色の光線とともにその場に倒れた。おぼろげに、死ぬ時はこんな具合かと、オレンジのエネルギーとともに、頭から命が抜けていく経験をした。ピポー、ピポー、救急車で運ばれて、目を覚ましたのは病院のベッドの上。淳一と次女がかたわらで首をうなだれ、涙を流している姿がぼんやり見えた。

泣かないで、命の限り頑張るヨ、夢に向かって楽しく生きようヨ。淳一、娘よ、どうか泣かないで――。心のなかで、さやかは声にならない叫びをあげた。

幸い、入院はせず、その日の夕方には家に帰ることができた。

そして、翌日、さやかは自分名義の生命保険と淳一の保険ををすべて解約し、もう何があっても保険には入らぬことを淳一に告げた。死んだあとの保険金など、あてにしない。自分の力で生き抜いてみせる。それはさやかの固い決断の意思表示だったのだ。もちろん、毎月の保険料を節約するという意味もあったのだが、そんな倹約生活のなかでも、さやかは毎週一本だけ、大好きな花を買うことはやめなかった。

*

入院することはなかったものの、病院から戻って数日は、家で静養することにした。八王子の高台に建つマンションに隠れるようにひっそりと暮らす。その短い休息の時、さやかは日がな一日ぼんやりと窓から、そしてベランダから、外の景色を見て過ごし、疲れた心身をひたすら休めた。

底抜けに青い空に山々の稜線がくっきりと連なり、白い富士山が絵のように神々しく輝いている。尾長鳥がベランダにある千両の枝をユサユサかき分け、赤い実をくわえて飛び立っていった。リビングからは、淳一の飲んでいるカフェ・オ・レの香りが漂ってくる。

そして、夕方。真っ赤な太陽は一日を終え、山の向こうにゆっくりと沈んでゆく。なんと素晴らしい自然の織りなす美しさ。微妙に異なる赤色に西の空は染められる。そして、太陽が山に沈んだとたん、山の裏が真っ赤に燃え上がった。街の灯がチカチカまたたきはじめ、時がいま、ゆっくりと過ぎてゆく。夕日は香港の夜景のように光り輝く――そういえば、箪笥の中で、香港を旅した時に作った赤いチャイナドレスが袖を通すこともなく眠っているはず……。

さやかはいつまでも、ただぼんやりと、くれないの空を見つめ続けた。


そのとき、雲間から杉田のおじさんの姿を見たような気がした。大きな太鼓を腹に、「信じる者はみんな救われる」そんな歌声が聞える。

人間は人との出会い、そしてふれ合うその中で、傷つけ合ったり、許し合ったり、そのうち愛を覚え感じて、本当の幸せを見つけながら互いに生きていく。信じる者とは、自分を信じる事なのか？　自身の中に宿っている宇宙の生命を信じられる自分でありたい。

五十年近くの長い時の疑問。――信じるものは救われる――という意味が、身をもって理解できる。これからも前向きに、一生懸命を一所懸命に生きる事で、杉田のおじさんへのお礼、楽しい日曜学校をありがとう。

長い間追い求めていた答えが、雪解けのように解けてくる。やがて、かいま見る土の中から、新しい芽がのぞくように、心がなごみ、喜びに満ちる。

＊

会社を任意整理して四ヵ月後の平成十年六月、さやかたちは何とか、新たな会社を稼働させるところまでこぎ着くことができた。実は、任意整理をした会社の他にもう一つ、淳一とさやかは、以前姉愛子の長男が持っていた赤字の会社を、いざという時のためにともらい受け、細々とだが回していたのだ。そして、今回が、そのいざという時だった。

また、一からやり直そう。淳一、前夫、そしてさやか――すべての過去を超越して、この三人で力を合わせ、やっていこう。どん底の中で、さやかたちは互いに励まし合い、最後の力をふりしぼって、再起を誓った。

もちろん日々は悪戦苦闘の連続。そんな中で、さやかはふと、これまでの自分の人生に思いを馳せることが多くなった。さまざまな試練があった。苦悩があり、悲しみがあり、多くの別れがあり、それでもどうにか今日まで生きてきた。いま、この時が、そんな人生にひとつのケジメをつける時ではないだろうか。これからの人生を生きていくためにも、自分の人生を振り返ってみる時でないだろうか。そんなふうに感じた。

さやかは一冊のノートに思いつくまま、幼かった頃からの自分を振り返りつつ、夜の時間を見つけては書き留めるようになった。

そして、ふと疲れてノートから窓に目を上げれば、白々と明けかかった街が見える。夜と同じ灯りのはずが、明け方にはまったく違った輝きを放ち、光は十字を切るようにまたたいていた。この大宇宙が地球を抱き、生の息吹を吹きかける時刻――世界じゅう、エジプト、イスラエル、モロッコ、イタリア、ギリシャ、スペイン、何十ヵ国と旅をしても、迎える朝はみな同じメッセージが空から大地に降り注がれる。

生かされ、生きる、その命を一人一人がどう受け止め、どのように生き、全うし、この大宇宙にふたたび帰るのか。その魂の集まりがこの宇宙を形成していると信じたい。夜明けの明みの中で、ペンを握ったまま感慨に浸った。

そして、淳一はと寝室まで見に行けば、まだ静かに寝息を立てて眠っている。そういえば、昨夜寝る前にぽつりと言った淳一の一言。

「おまえとは、生まれる前から縁があったのかなあ」

しみじみとした口調の淳一の胸中は、深く何を思っているのだろう。さやかは、淳一との巡り合いを運命のように感じ、愛する喜びと、苦しみを乗り越える強さをあらためて噛み締めた。

朝になると、淳一は朝食もとらずに家を出て、会社に飛び込む。もちろん、さやかも後を追った。

そして、会社に着くと、さっそく電話だ。淳一が受話器を取れば、保証協会からだった。

「社長さん、内定は出たのですが、協会の規約を一つ満たしていないので、すみません、今回はご融資できないということになりました」

淳一の顔色が一層悪くなる。

もう一月も追加書類を出しつづけ、それでも融資できないとは、一言で言えば、運が悪いのか、とさやかのため息も重くなった。もう食事も喉を通らない。

「ソバなら通るかもしれないぞ」

淳一がわざとらしく元気に振る舞い、さやかを促す。

しかし、山菜ソバが目の前に出されても、五、六本すすっただけで、あとは二人でソバの揺らめく湯気を見続ける。そして、示し合わせたように目をあげると、夫の長いまつげに水滴が小さく並んでついていた。さやかは死ぬほど切なくなった。

そのとき、淳一の携帯電話がベルを鳴らした。大した用件ではないようだったが、馴染みのソバ屋の主人に、「客が来たから、帰る。残してゴメン」と気をつかう。

外に出ると淳一は、激しい口調で、

「何が規約を一つ満たしていないだ！　貸し渋りはしないようにとお達示が回っているんだ。協会に乗り込むぞ！」

荒々しい声に、さやかは夫にぴったり寄り添い、並んで歩いた。お互い、一人では頽《くずお》れそうだったから。

年を越すお金はゼロに近かった。どうも、さやかにしろ淳一にしろ、金儲けは下手なようだ。

ことに淳一は、情が深く人を育てる腕はピカ一なのに、こと金儲けとなると縁がない。以前、会社にいた二人の新人も淳一が育て上げたが、今では立派な社長になって、夫の会社に比べたら天と値ほどの違い、順調な経営を続けているらしいのだ。

しかし、さやかは、育てた若者が立派な経営者になっていくのを満足そうに見守っている淳一が好きだった。反面はがゆさが残る。育てては独立させる。はたして、これでいいのだろうか――。この会社、社長の人間性を買って、継いでくれる男性求む!!　いつかきっと現われるであろう。

再生へ

北風がピリッと肌を刺す十一月、さやかは出勤の途中、イチョウが舞い散る黄金色の絨毯の上を歩いていった。突き抜けるような高い空に向かって大きく息を吐き出すと白く、目の前にぼやけた。それはイチョウの形になったかと思うと、すぐに冷たい空気に溶け込んだ。

頭上からイチョウの葉がくるくる舞い落ち、さやかのおでこにちょこんと載る。まるで小判でも降ってきたように、さやかは思わず手に取った。その黄金色に感激して、足元に目をやると、小判がザクザク。さやかはしゃがみ込み、両手のひらにすくい上げた。それを数えながら、また歩く。おでこの一枚と合わせて、七枚あった。ラッキーセブン！　さやかは七両の小判を拾ったような気分になって、自分でも少し浅ましさを感じたが、それも今の我が身と納得しつつ、そっとコートのポケットに入れた。

会社に着くなり、ハサミを取り出し、ときどきあたりを気にしながら、チョキチョキとイチョウの葉を小判形に切っていった。しめて七両。こそこそと名刺入れにしまい込み、たったそれだけのことでも気分はいくらか上向いた。今日はきっといい日になる。いつになく体も軽いような気がしてきて、さやかは昼休み、以前から気になっていた、黄門様の形見となった腕時計のベルトを直しに駅ビルまで足を運んだ。

「お客様、この時計は五十年くらい前のもので、今はもう値打ちのものですから、大切にお使いになるといいですよ」

思わぬ時計屋の主人の言葉に、ちょっぴりこれまた得した気分になり、その足で、隣のフロアーで開かれている催し会場へと足を延ばした。ビルに入ってくるとき、入り口に大きな日本伝統工芸展のポスターがあり、その写真の人物が妙に目に焼きついていたせいもあった。

江戸風鈴の展示即売会——。季節はずれの風鈴が暖房の風にあおられて、チリンチリンといい音を立てている。たくさんの風鈴の下には、渋い風貌をした、ポスターの老年男性が鎮座していた。大勢の脚たちが足をとめ、風鈴の音を聞いたり、買った風鈴を手に持ったり、男性を囲むように並んでいる。さやかは不意に遠い昔を懐かしく思い出した。

毎年、夏になると、天秤棒にたくさんの風鈴をぶら下げ歩く風鈴売り。そよ風を受けながら軽やかな響きを耳にすると、母が外に飛び出して、あれこれと品定め。「これが一番いい音だったわ」そう言って、さやかに買ってきた風鈴を鳴らしてみせた。下げる場所は毎年微妙に違っていて、それがまだ新鮮な感じだった。

風鈴の音色、母の面影——さやかはふと、風鈴を持つ母がそこにいるような錯覚を覚えた。

風鈴を買おう。しかし、財布を開けたとき、現実に引き戻された。風鈴など買う余分なお金はない。思わずイチョウの小判を出してしまいそうな衝動にかられた。

それでも、やっぱり欲しい！　ついに、なけなしのお金をはたいて一つを買い求めた。千五百円也。そして、はじめて出会った人にもかかわらず、「風鈴に一筆したためてください」と図々しいお願いをした。男性は快く、サラサラと、

『本気になれ。人間らしく生きた時間の合計がその人の年齢である』

そう書いてくれた。まさにさやかの気持ちにぴったりだった。老男性は次に、別に黄色い紙に、今度もさっさと書き流した。

『この世に生まれて苦あり。これが人生なり』

生前、さやかの母が口にしていた言葉。そして、さやかが思い悩み、いま実感している気持ちそのままの句。それを差し出されたとき、さやかはこの老男性と心が触れ合ったような気がした。

一週間、催しが終わるまで、さやかは駅ビルに風鈴の音を聞きに通った。そんな中で、男性とも親しく話をする縁に恵まれ、食事をしたり、語らったり、長年の友のような付き合いをさせてもらった。まったく、人と人との出会いとは奇遇なものだ。さやかは心の底から感謝とともにそう思った。

男性は、江戸風鈴作者で、大正十三年生まれの七十四歳。日本の伝統工芸の発展に力を注ぎ、後継者の育成に命を捧げている人だった。奇しくも、十八年前、さやかの前から風のように去っていった大法と同じ年齢。遠い昔の大法の面影が、頭の中を静かによぎっていった——。

そして、十二月に入ったある日のこと、さやかの元に小包が届いた。差出人には覚えがあった。封を切るのももどかしく開いてみると、柄足袋が七足と、欲しいと思っていた五枚コハゼが入っていた。

さやかは一年を通して靴を履くのは数えるほどしかない。いつも洋服に草履を履いて歩いている。幼い頃からいままで、下駄と草履を好んで履いている。彼はそんなさやかの姿を見て、足袋を贈ってくれたのだろう。さやかは足袋の箱をそっと胸に抱き、これで冬も寒くない、これは死ぬまで大切に履こう、と考えて、思わず箱に子供のようにキスをしていた。

*

平成十年、激動の一年も暮れようとしていた。

十二月二十四日、クリスマス・イブの日。窓から見える夜景がチラチラと美しい。ナット・キング・コールの歌声が静かに流れる。この曲には、父との楽しい思い出が一つある。たしかさやかが高校一年になった時、このナット・キング・コールのＬＰと大きなステレオをプレゼントとしてくれた。頑固な父だったが、なかなか粋な一面があったと見直した。ところどころしか解らぬ英語の歌を繰り返し繰り返し聞き、なに急に大人になったような、キラキラ少し背伸びした日々に、思いをはせたさなか、サンタの贈り物かと思うような電話の呼び鈴が鳴り始めた。しかし、電話口に出た淳一は、ウンウンとうなずきながら、次第に声をトーンダウンさせていく。受話器を置くと、

「明日、青森に両親を迎えに行ってくる」と言う。

父親の具合がかなり悪いとの知らせが近所の人から入ったのだ。急いで飛行機の手配をし、帰りはレンタカーに寝かせて走ることになった。

淳一は翌日の夜、その日半日近く車を走らせ続けて両親を連れ帰ってきた。目の下にクマを作り、大きな目がくぼんでいて、パンダのような顔をしている。

そして、淳一が手を取り、車から降りてきた義父は、まるで黄門様が天から舞いおりて来たかと思うほど、そっくりな姿をしていた。虚ろな日、足も少々ふらついていたが、気丈にもしっかと大地に足をふんばり、一人で立った。さやかはしばらく義父を驚きとともに見つめ、

「ようこそ」そう声をかけるのが精一杯だった。

また、この年老いた両親を抱えて、慌ただしい日々が始まるのだろう。だが、天国から両親が遊びに来たと思えば心も軽くなり、逆にさやかの胸もふくらんだ。

大晦日の日。最初で最後になってもいいからと、淳一とさやかは両親を、車の後部に布団を敷き、箱根の温泉に連れ出した。苦しい経済状態だったが、淳一の最後の親孝行のため、思い切っての決断だった。

箱根路の山間を車は走った。やがてぼたん雪が舞い、見る見るあたり一面枯れ木に雪の花が咲いた。しんしんとする静寂の中、さやかは心が洗われるような思いだった。そして、ふと、高校生の頃、石水先生と行きつ戻りつしたあの雪の横浜の街を思い出した。

旅館はこれまでさやかたちがよく使っていた〝千郷楼〟と決めていた。部屋で淳一が両親の相手をしているあいだ、さやかは一人、先に風呂に入ることにした。

人影も見えないほど湯煙が立ち昇り、硫黄の匂いが鼻をつく。熱めの湯に体を入れると、無数の気泡が毛穴から吹き出して、ゆらゆらと浮き上がってくる。ゆっくりと目を閉じた。一人静寂の中……と思いきや、突然ドーンという大音響に、目を開ける。窓の外は暗黒の闇の中、時折雲の切れ目から、月に照らされる木立が光と影の模様を映す。そして、湯煙の向こうに、パッと花火が咲いていた。それは、一九九八年に別れを告げ、一九九九年を迎える合図の花火だった。

＊

年が明け、成人式も過ぎた頃、淳一の両親は二人とも中期の痴呆症と診断された。しかも、父親のほうは白内障のため手術をすることになり、手術前の検査で何度も病院に連れて行かねばならず、淳一の顔はあの日以来ずっとパンダ顔のままだった。しかし、それもこれも、両親のことでさやかに負担をかけまいとする夫の心づかいからのものだった。

手術を一週間後に控え、病院から念のため血液検査をしたい旨の電話があり、さやかはその日はじめて淳一と一緒に義父に付き添い病院に行った。待合室のベンチに座りさやかたちは順番を待ったが、淳一は珍しく昨晩若い社員と酒を飲んだせいか「気分が悪い」と外に行ってしまった。

義父を隣に座らせて、さやかは次々呼ばれる名前をぼんやり聞いていた。

え？　一瞬、耳を疑いたくなるような名前を聞いたのだ。そう、確か、風のように去って行った大法の奥様と同じ名前。

さやかは無性に気になって、何気なく立ち上がると、並んで座る人々の顔を順に見ていった。みんなお年寄りばかり、と思っていると、一人静かに目をつむり両手を膝の上に置いて、牡丹色のハーフコートを羽織った婦人が目に入った。

その途端、反射的に体は元の席のほうに戻っていた。偶然の出会いの衝撃に、さやかの心は乱れた。このまま知らん振りをしようか、それとも声をかけようか？　以前から機会があれば一度は会って、若気の至り、でもないが、迷惑をかけたことを詫びたいと、その思いは常に心の隅にあった。それが今、目の前の現実となっている。チャンス、と思いながら、やはり、と戸惑う心もあり、さやかは椅子に腰かけさんざん悩んだ。

いや、このままやり過ごせば一生心残りになるかもしれない。偶然の出会いなど、そう滅多にあるわけのものではない、と思った時にはもう、目に見えない何かに押されるように、さやかは足を忍ばせて婦人に近づき、前に立っていた。

年齢のわりにふっくらとした手。その手を、さやかは腰を屈め両手でそっと包んで、

「大法さんの奥様でしょうか？」おもむろにそう尋ねた。

婦人ははっと目を開け、不思議そうに首を傾ける。

「わたし、さやかです。奥様にはいろいろとご迷惑をおかけしまして、大変申し訳ありませんでした。若くもなかったけれど、若気の至りで、許してくださいネ」

言い始めるとすらすらと、ためらいもなく言うことができた。

婦人はびっくりした顔で、

「さやかさん？　びっくりしたわ。私、あのときは死にたいと思ったのよ」

そう言うと、老婦人は目頭を熱くした。

さやかはなじられるのかと内心ビクビクしていたが、

「本当にさやかさん？　あなたいいお顔しているのネ」と言う夫人。さやかは目がそうとう悪いのかもしれない、と思った。「でも、もう二度と大法とは会わないでちょうだいネ。私もうあんなことはイヤなの」と哀願するような顔になり、

「私も年をとったわ。心安らかに死にたいから……。もう、あちこちガタガタよ。今日は娘に連れてきてもらったの。会ってくれない？」

首を傾けて言う婦人に、さやかはちょっと戸惑った。なぜ娘に会ってほしいのか……。

「すみません。わたし、父を待たせております。すぐに戻ると言ってきたので……奥様にお目にかかれただけで充分です。どうぞ、お元気で……」

そう言い残して席に戻った。

ほんの短いやり取りではあったが、重苦しい病院の空気の中で、さやかは身も心も軽くなっている自分に気がついた。積年の重しが取れたような、空を突き抜け宇宙遊泳しているような爽快感だった。

それにしても、不思議だ。いつも念じていると、偶然の出会いや夢が思いを叶えてくれるのだ。さやかは去年の八月頃の出来事を思い出した。

高校時代のコッペパン先生——アメリカに旅立って行った石水先生の夢をさやかは見た。夢の中で、先生は突然倒れ、苦しいともがきながらさやかの方に手を差し延べ、苦痛に顔を歪めていた。目が覚めて、まさかとは思ったが、さやかは先生が以前在籍していたことのある大学に電話を入れてみた。と、教授は二日前、授業中に倒れて救急車で運ばれたと電話口に出た女性は言い、その後で、自宅の電話番号を教えてくれた。

あれはやはり正夢だったのだ。さやかは、四十年近く前のあの青春の頃のことを、ちょっと胸の疼きを覚えながら甘酸っぱく思い返していた。

しかし、自宅の電話番号を教えられても、さやかは電話をする気にはなれず、ただ元気になることを祈った。もう、遠い昔の思い出だから……。コッペパン先生はさやかの中で静かに胸の底へと沈んでいった。

大法の奥様にもようやくお詫びを言うことができた。さやかは今また一つ、大法との思い出を胸の底にそっと沈めた。すべてはこれで、いいのだ。

これまでの人生、いろいろな、本当にいろいろなことがあった。泣いたこともあった、もう立ち直れないと思ったこともあった。しかし、それらもすべて乗り越えて、だからこそ、今のわたしがこうして在る。過去をすべてそのまま受け入れて、これからも大変なことはたくさんあるだろうけれど、それでも、わたしは前だけを向いて生きていこう！　病院の薄暗い待合室のベンチに座り、さやかはそう胸の中で独りごちた。

それから二ヵ月後の三月中旬、桜のつぼみもふっくらとサクラモチのようにピンクがかる頃、夫の病院通いも二十五回を数えた日、さやかは夕食の支度中、皿をとろうと振り向いた瞬間ギックリ腰になった。

夫は二十六回目の病院にいくはめになった。さすがに不機嫌になったが、義父は手術した目が回復しご機嫌の様子だった。右も左も〇・六。一安心もつかの間、夫が仕事をぬけた分またもや大ピンチになる。一、二、三月と成績ががた落ちした。これ以上親にかまっていると足元に火がつく……と感じている矢先、夫とさやかが「ただいま」と玄関に入るなり、「オレの預金から勝手に三千万も引き出し使ったろ‼」とわめきたて夫をせめる。あらぬぬれぎぬだと夫は説明するが、「もう、こんなドロボウの家には長居は出来ぬ」と一方的に決めつけ、弟の家に電話をかけはじめた。ボケと正気が交差するのだろう。正確にダイヤルをし、まともな会話を続けている。ぼうぜんと立ちつくす夫とさやかはもうどうでもいいか、と見合わせる目が語っているような気がした。

次の朝義父は大きなバックを肩にかけ両手にパンパンにふくらんだ大きなバックをズルズルひきずりオロオロする義母をしたがえ玄関先に立つと、チャイムが鳴った。弟がそこに立っていた。本当にこれでいいのか？　と思うようなあっけない別れがおとずれた。これはまるでドラマだ!!　狭い玄関に弟、両親と大きな荷物六個、さやか、夫、まるで満員電車に乗り合わせたような、きまずいいいようのない空気がただよう。夫は一言「じゃたのむナ」弟は「オー、わかった」。短い言葉が交わされ、両親は去っていった。

その後夫は両親のことを口にすることはなかった。が、かれこれ一ヵ月もたとうとした頃、一通の手紙が届いた。

「今オヤジと青森の実家を買い取る契約の話を進めている。いいたいことがあれば連絡をくれ」

何度も読みかえす夫が一言。

「まあ人生こんなもんさ!」なにかをふっきたような口調で、

「お前もご苦労さん。姉と弟にまかせるサ!　オレの故郷はこの八王子だ」夫がこよなく愛した日本海の荒々しく白い波しぶきをあげてくだけちる波を、胸の奥深くに沈めたのをさやかは直感した。そのとき、春風が夫の白い髪をまるで寄せては返す波のように繰り返しなびかせていた。

＊

ハクション、予告なしに出てしまうクシャミが静まりかえる闇の中に響きわたり、やがて吸い込まれてゆく。住まいはあと一息坂を登ると小高い丘に建つ。トローリたれる鼻水をとっさにブラウスでふいてしまう。もったいないとか、汚いなんて考えない。

クシャミは止まらない。このかた三十年も花粉症で悩む。風が吹くたびに、高尾の山からドバァーと杉花粉が舞い飛ぶ春。まるで、かすみがかった街はイエローに見えてしまう。目しか見えないマスク人間が行き交う様子は、未来都市を思わせる。

今花粉の飛ばない植木が開発されたとニュースで聞いた。悩める花粉症の人達の為に、すばやい政治の対処で解決して欲しいと切に切に願うのだが……。

なぜか見上げるおぼろ月は、自分の心を写すかのようにうら寂しく見える。あのおぼろ月を見るたびに、昨年の六月、突然姿を消した憲子さん夫妻を思い、ボンヤリ足を止めた。

「モシモシ、さやか、憲子です。今夜あたり食事会どうかしら?」月に一、二回、どちらともなく誘い合い、お互いの生活やバブルで押しつぶされそうな会社の悩みを語り合った。

あのしら魚のような手で、グイッと冷酒を飲みほす姿がなつかしい。それぞれの夫はビールに日本酒に焼酎のチャンポン。一人飲めないさやかは終始ウーロン茶で通す。

そしてあの別れ際の言葉「ネェーさやか、今夜のおぼろ月きれい!!」を残し、どこかに行ってしまった。

今夜もおぼろ月夜をながめながら、涙の海に瞳が沈むと、空も月もなんにも見えないヨ。ただ熱い涙が、夜風に抱かれて冷たく鼻水と流れてゆく。会える日を楽しみに、生きる事の中で目的を失わなければ、生かされる命は光輝き、この手の中に何かをつかめるはず。きっとなにかをネ……。

また会う事を約束しよう。四人で語ろう。空白だった日々の事を――。そのとき私も一緒に冷酒を一気にあおるヨ。憲子、さあ乾杯！

＊

「オーイ　呼べど答えずだナァー。誕生日の料理ができてるんだ」リビングから声がする。「あんなめずらしい事、言っちゃってさ」とさやかは時計に目をやると、針はもう九時を指している。

でも、聞こえないふりをしちゃおう。そして、フトンの中にズ・ズ・ズともぐり込む瞬間、バサッとフトンをはがされた。アーアーまるまったムキエビの女体が現われる。「やめて‼」と叫び、まる出しになったお尻に手をあてるが、遅し。ひきずり起され、スッポンポンのまま、リビングにひっぱられ、椅子に座らされた。春の光は気恥ずかしそうに、裸体を包み、出来たてのアップルパイのような温かい気分。

真白い大皿に赤いイチゴがつややかに並び、となりの中皿には若草色のキュウリとチクワが細かく小さな山にもられ、黄色のマヨネーズが円をかく。

二つのクリスタルのワイングラスが光を屈折させ、キラキラダイヤモンドの輝きを放つ。中にはゆで玉子がチョッコリとおさまり、底が黒くなっている。

「貴方どうして底が黒いの？」

「解らないのかナァー。正油、正油がかけてあるんだ。うまいと思うヨ。」とまじめな顔。

一瞬まずそうと口に出かかったが、とっさにイチゴを口にほうり込み、その言葉を飲みこんだ。ひと噛みするイチゴはあまずっぱく、シュワァーと口の中に漂い、向い合う二人の心を思わせる。

さやかは裸でイスに座っている事など、いっこうに気にしない。いつも裸でチョロチョロ歩き回るさやかに、夫はヒヤヒヤ。「早く支度をしてハニーの所に行こうぜ！」と言って花柄の封筒を開け、手紙を読み始めた。

「ジイジ様、バアバ様、三月七日たんじょうびのプレゼントにコンサートを開きます。場所、ハニーの部屋。時間、好きな時間でよい。曲目、天国と地獄」

読みあげる夫の声を聞きながら、心臓をグサリとさされたようだ。

「この手紙、玄関のドアーに貼ってあったのさ!!　早く支度をしろヨ！」

きっとハニーは、日々、会社の事で苦悩している二人を見て選曲したのでしょうか？　九歳でそんな気が回るだろうか？　ともかく憎きやつである。

ＡＭ十一時ピッタリにチャイムを押すと「バアバたんじょう日おめでとう」手を取り、部屋にまねき入れ二人をベッドに座らせた。「では始めます。天国と地獄」大まじめな顔が愛らしい。

やがて、天然パーマの髪をユッサユッサと振り乱し弾く姿を見ているうち、思い出がフラッシュバックし、時子ちゃんと通ったピアノ教室の光景がふうせんのように大きくふくらみ、頭の中でユラユラゆれなつかしい。

ピアノ習いたかったナァー。時子ちゃんは北海道に嫁ぎ、五人の男の子も成長し、元気にしていると風の便りに聞いた。

すると「ハイ終り！」大声がしたとたん、ふうせんがバァーンと割れた気がし、我にかえる。「次はベッドに寝るんだヨ」そう口走り、出窓に飛びのり、ベルベットのブルーのカーテンをピッとしめ、天使の指は暗やみの中で、あちこち動き回り、天上には青白くたくさんの星が光る。「あの星ケイコウ塗料が塗ってあるから、光るんだヨ。私の誕生日にお母さんに買ってもらったの。きれいでしょう。あれが天の川ヨ。そっちが、てんびん座、アレ、アレが魚座」知らず、知らずに宇宙空間にすいこまれていく。

となりで夫は、「ヘェー、ホゥー、ハァー」とうなずいている。ピアノの上にのった小さな地球儀が、細いこぼれ日に青く神秘的に浮き上がる。

きっと宇宙飛行士が見る宇宙とは、こんな光景なのだろうか？　そういえば、以前飛行士の言っていた印象深い話を思い出す。宇宙船の窓ごしに見える地球に、親指を立ててながめれば、地球は立てた親指の中にスッポリと隠れた。その位に宇宙は広く、広大であると。

生あるものが一体となり、悠々と生きずく――。この尊い生命に一人一人が愛のシャワーをふりそそぐ事が、この地球を末永く生きずかせるのでは、そう思わずにはいられない。

今世界は情報時代ＩＴ革命、パソコンだコンピュータといったように電子化され、子供達にも会話やフェイス＆フェイスがかけてきつつある。

子供に愛のシャワーを、母親の愛をたっぷりふりそそぐ事ができるのなら、道を踏みはずそうと、挫折しようが、いつかは立ち直り、つぼみをふくらませ、花が咲くでしょう。

――母――静は、愛のシャワーをたくさんの人にかけ、死んでなおかつ、さやかの心に生き続ける。死んで生きるという意味や実感を、人生の実体験を通し、さやかに教えてくれたのだ。

母の愛にこたえる為には、自分を大切にと思うが、いったい自分とはなんなんだろう？　顔や手や足……、イヤもっと内なるものではないだろうか。それは、心とか意思、意識というものが自分であるのだ。

死んでなおかつ生きるという事は、生きている時、月月《つきづき》、日日《ひび》、前向きに生ききれば、かならずや死んでも生きるという道の扉が開くのだ。さあ、扉を開く為に、思いきり生き、前を向いて艱難辛苦《かんなんしんく》と戦い、生きぬこう!!

アア人生、ケ・ジ・メをつけて再出発。我が心に小宇宙の存在がたしかな手ごたえとなり、大宇宙へといざなわれていると信じ、生命の光彩が溢れ輝く——。

エピローグ

暗黒の宇宙に光がさせばこの地球が青く耀き浮かび上がる。こうごうしく生の営みをのせてゆったりと回り、太陽は何十億年と東から西へと沈む。この変わることのない原理原則。神々が作り出す偉大な自然の営みに絶大なる賛美をおくり敬い、御先祖様に心から手を合わせ祈りたい。

個々の心は小宇宙を宿し、大宇宙へとみちびかれ、もう独りではないということに気がつけば生きていく勇気がわいてくる。自分を愛し人を愛する。自分を信じ、自分の尊さを知り悔いのない日々を過ごしていく。

今この世に生を受ける、すべての命は、等しく空気を吸い生かされる。空気はお金を出して買っているのではないと気がつけば、生かされている事が理解できるはず。生きるとは、旅であるとともに、一度きりの人生。あなたにとっても一度の人生。死ぬる為に生きるのではなく、最後まで生きぬく為に生きるのだ。波のようにおしよせる苦悩、絶望、淋しみがあろうとも、この世に尊い命を宿し、生かされている事がなにものにもかえがたい喜び。そう思った瞬間、青い空が青く、白い雲が白く、心と宇宙が同化していくのを感じずにはいられない。

人生をまっとうできた時には、愛してやまぬ母のいる大空に翼をつけて飛び立とう――。さやかは、天空をあおぎ、深く息をし叫んだ。

夢は絶対に捨てはしない‼ やっと耀ける心をもてたわたしを見て欲しい。

永遠に心の中で生きる母――静に祝福と乾杯とゆらめく我命ささげん――

祭りばやしが初秋の風に乗って聞こえるヨ。そこには、拳をかざし、くれないの大地に仁王立ちするさやかの姿が、あしながおじさんのように東へと長く影を落とす。

遠い記憶をたぐり寄せれば、あのくれないの引っ越しから五十三年の歳月が流れていた。さやか、どれでもいい、一番大きく光り耀く星が母さんだヨ！ と言った天使は、約束どおり昼も夜もさやかを見守る命星となり、今夜も黄金の光を放す――。

喜びに満ちれば拳をかざし
怒りを抱けば拳を握り
この手の中にすべてが潜む

輝けるすべてをこの目でみたい
生かされる歓喜を胸にかみしめ
素直に我を問いただす

空を握りし空に立つ
大空に飛翔せし強き力
無限に秘めたし我心の中に

（著者紹介）

青山 可奈（あおやま かな）

東京都八王子市に生まれる。
現在、不動産業を営むかたわら
執筆活動を続けている。

耀 ——自分を信じて——

2000年12月1日　初版第1刷発行

著　者　青山可奈
発行者　瓜谷綱延
発行所　株式会社 文芸社
〒112-0004 東京都文京区後楽2－23－12
電話　03-3814-1177（代表）
　　　03-3814-2455（営業）
振替　00190-8-728265
印刷所　株式会社 エーヴィスシステムズ

ISBN4-8355-1061-5 C0093